甲子峥嵘 砥砺前行

《甲子峥嵘 砥砺前行》编委会 编

·广州·

图书在版编目（CIP）数据

甲子峥嵘 砥砺前行/《甲子峥嵘 砥砺前行》编
委会编.——广州：羊城晚报出版社，2017.4

ISBN 978-7-5543-0420-4

Ⅰ.①甲… Ⅱ.①甲… Ⅲ.①机械工业—工业企业—
经济史—佛山 Ⅳ.①F426.4

中国版本图书馆CIP数据核字（2017）第074233号

甲子峥嵘 砥砺前行
JiaZi ZhengRong DiLi QianXing

策划编辑	张亚拉
责任编辑	张亚拉
责任技编	张广生
装帧设计	潘宝斌
责任校对	麦丽芬
出版发行	羊城晚报出版社
	（广州市天河区黄埔大道中309号羊城创意产业园3-13B 邮编510665）
	发行部电话：（020）87133824
出 版 人	吴 江
经 销	广东新华发行集团股份有限公司
印 刷	佛山市南海兴发印刷实业有限公司
规 格	787毫米×1092毫米 1/16 印张14.5 字数260千
版 次	2017年4月第1版 2017年4月第1次印刷
书 号	ISBN 978-7-5543-0420-4
定 价	60.00元

编写委员会

主　　任：杨学先

副主任：冯瑞阳

主　　编：许学锋

撰　　文：许学锋

编　　委：陈玉兰　李松英　陈　添

序言一

专注成就高度

    60岁，就有所作为的人来说，是进入了一个思考人生、实践终极追求的黄金年龄，按目前年龄段划分，正当青壮年时期。一家有担当、有理想的企业，何尝不是这样？恒力泰辉煌的60年正是下一次腾飞的新起点！

    恒力泰取得今天的成就，是历代恒力泰人如唐廉、严国兴、罗明照、杨学先等呕心沥血辛勤付出的结果。无论其身份是国有企业，还是民营企业，恒力泰始终作为中国陶瓷机械行业的领军企业，一路披荆斩棘。从国内第一台液压自动压砖机诞生，到今天16800吨压机问世，在60年的发展历程中，恒力泰始终专注于机械装备的研发与制造，并因专注而铸就今天的辉煌。"追求卓越，创造第一"，恒力泰以振兴民族产业为己任，勇于打破国外压机的市场垄断，并经受住了市场严峻苛刻的考验，突出重围、脱颖而出，成为全球最大的压机供应商，由一棵幼苗茁壮成长为参天大树！

    2011年，科达与恒力泰强强联合，实现优势互补，打造陶瓷机械"中国造"，极大地推动了中国建筑陶瓷的迅猛发展，使中国建筑陶瓷成为一道亮丽的世界名片！

    面对国内建陶行业产能过剩，国内经济的严峻挑战，使我们必须放眼全球，探寻更广阔的发展空间。脚踏实地，汇聚更多有理想有抱负的各类精英，稳步实施"压机多元化、陶机系列化"战略，在继续巩固夯实国内市场的同时，抢滩海外市场，实现国内国际市场双轮驱动，恒力泰势在必行。

    专注成就高度！不忘初心，砥砺前行，恒力泰必将迎来更辉煌的未来！

二〇一七年三月

序言 二

峥嵘甲子续辉煌
乘风破浪济沧海

时间在忙碌中飞逝，一眨眼工夫，迎来了恒力泰成立60周年的大喜日子。

不知不觉间，2017年也是我步入恒力泰的第25个年头。还清晰地记得，我于1992年7月从华南理工大学焊接工艺及设备专业毕业之后，机缘巧合被李宇光副厂长相中，进入当时以球磨机为主打产品，厂房和设备都相当落后的国营企业"陶机总厂"（恒力泰前身），从此便开启了我在恒力泰25年的事业之路。作为严国兴厂长同年上任后招收的第一名大学生，听说我还是厂里第一个直接下到车间工作的本科生，在当时的生产制造厂锻炼了将近6个年头，从技术、工艺等岗位做起，在生产一线打磨自己，不断学习成长，一直做到基层管理者。之后抓住公司快速发展的机遇，我也顺利实现了角色转换，成为一名在市场一线从事销售工作的营销人员。慢慢地，借助公司的良好平台，当然也凭借自身的努力，逐步成长为区域经理，再到销售部副经理、经理，直至营销总监。2012年3月，在科达合并恒力泰之后，公司有了更高的发展平台，我个人也迎来新的事业发展契机，得到边程董事长和吴木海总裁的垂青，任命我为恒力泰公司总经理兼法定代表人，统管整个公司的经营管理。毫无疑问，这是我人生节点的一个重要使命及挑战。

走进深邃的记忆隧道，我还记得，在刚进入恒力泰时，这家当时唤作"佛山市陶瓷工贸集团公司陶瓷机械制造总厂"的企业，还是佛陶集团旗下最弱小、最落后的单位，所创造的效益对于集团公司几乎微不足道。自从严国兴厂长确立了以液压自动压砖机为主营产品，令当时已有30多年历史的老厂重新焕发生机，迎来脱胎换骨的快速发展阶段。在成功推出国内首台YP600型液压自动压砖机的基础上，一代代恒力泰人持续保持专注，在液压自动压砖机领域不断进行技术攻关和创新，成就了日后恒力泰"压机超市"的美誉。在严国兴、罗明照等历任恒力泰舵手的带领下，在中国建陶行业迅猛崛起的大背景下，恒力泰人矢志不渝，坚韧不拔，终于发展成为中国陶瓷机械行业的领跑者之一，"HLT"品牌也在世界陶瓷舞台上闪耀，享有较高的知名度及影响力。回首过去，一个多次濒临解散、被上级单位视为包袱的落后企业，借由液压自动压砖机这一主打产品，创造了极大的经济效益，使企业发生了翻天覆地的变化，更书写了中国陶机发展史的一个传奇。

恒力泰发展到今天第60个年头，在中国装备制造业，依然保持旺盛的发展势头，无不凝聚着历代恒力泰人的智慧与心血。站在我个人的角度，希望以这本书作为一个载体，将恒力泰的历史点点滴滴整理记录下来，既记录我们的辉煌发展，也刻下我们的曲折过去，更将60年作为企业跨越式发展的一个重要时间节点，回眸历史，聚焦未来。

在这里，我觉得有必要介绍一下这本书诞生的来龙去脉。2015年12月9日，我们邀请了包括梁球、张锦添、苏达良、蔡永明等多位公司的老领导及退休干部到三水生产基地进行参观交流。他们中间有不少人曾在恒力泰工作了40多年，奉献了整个青春给公司，对公司充满了感情，有人还是头一回踏进三水的生产基地。在座谈会时，置身于这样一群"老革命"当中，我这个工龄23年的员工已经属于现场最年轻的恒力泰人。他们感慨于三水生产基地的专业化、现代化，情之所至，有感而发，对恒力泰的发展也是满怀憧憬。正是在这个座谈会上，大家无意间的思想碰撞，我萌生了出这样一本记录恒力泰60年发展历程书刊的想法，以便更好地留住各位老员工潜藏在岁月长河中的记忆，于是现场便与在座各位老恒力泰人达成了初步共识，这本书定在恒力泰建厂60周年的2017年出版。事不宜迟，会后几天，我们就约到熟知恒力泰发展的原《陶城报》副总编辑许学锋，并成立了恒力泰60周年纪念专刊的编委会，委托许学锋牵头采访不同时期的各个有代表性的老恒力泰人，同时整理我们收集到的恒力泰各个历史时期的文字图片资料。至此，这本纪念专刊的编撰便正式启动了。

　　5年来，作为恒力泰的经营负责人，我真切地体会到，企业的发展在注入了健康可持续的文化后，将是永续无限的，而每个人的职业生涯相对都是有限的。恒力泰在历代领导的带领下，便深深地烙下了专注执着、团结奋进、共克时艰的烙印。这些恒力泰的优良传统也是我一直坚守的方向。从2012年3月起，被科达总部委以重任，带领恒力泰这个老牌企业继续再攀新高峰，我就一直坚持恒力泰几十年文化积淀形成的"实"与"细"的文化。"实"指的是恒力泰人长久以来形成的实事求是、低调务实、诚实守信、脚踏实地的作风；"细"则是指恒力泰人一贯以来注重细节、精益求精、精打细算、持之以恒的"匠人精神"。正是这两件"制胜法宝"，造就了恒力泰今天的行业地位。在"实"与"细"的基础上，上任之初，我就提出注入新的"变"的文化理念，并始终贯穿于整个经营管理实践当中。过去的5年，如果说我们在原有的成绩基础上，又取得了一些进步的话，最重要的举措，就是在我和副总经理冯瑞阳的主导下，我们的经营团队最大限度地释放了"改革、创新"的红利。在组织制度、人事管理、工艺技术、经营理念等各个方面拿出了锐意变革的勇气和决心。确保组织不被新时代所淘汰，发现并抓住新的机会窗口，带领公司走向更广阔的天地，迈向新的高度。在"变才是唯一不变的真理"的指导下，让恒力泰这家老企业得以永远焕发出青春活力。当然，始终保证产品的高品质是恒力泰恒久不变的原则，这是"万变不离其宗"的。

　　基于"变"的理念，这几年恒力泰也拉开了"转型"的大幕。我们提出了"陶机系列化"及"压机多元化"的双轨战略，应对不断变化中的国内外市场。依托恒力泰原有的压机设备平台，再整合德力泰的烧成设备、卓达豪的原料装备，以信息化、自动化、智能化为目标，共同打造陶瓷整线装备产业链，借助"陶机系列化"的战略，实现恒力泰的可持续增长。与此同时，在"压机多元化"战略上稳步推进并取得了重大突破，除了拳头产品——陶瓷压机不断往超大吨位超高性能方向发展外，耐火砖压机、墙体砖压机、透水砖压机、金属粉末成型压机等不同行业的压机已经研制成功并陆续推向市场，为各行业客户提供定制化的各种液压成型装备。

近几年，国内经济下行态势明显，国内建陶行业也出现了严重的产能过剩情况。开拓国际市场，开辟海外新蓝海，成为国内许多有实力企业的必然选择。恒力泰自从2003年出口了首批YP系列压机到印度，便开始了压机持续不断的出口之路，在南亚、东南亚、中东、非洲等都占据了一定的市场份额，有了较高的市场知名度。未来，恒力泰将继续响应科达总部"国际化"战略的发展号召，确保整个恒力泰能站在国际的高度往纵深发展，一方面继续加大产品的海外销售力度，与国外领先的陶机巨头在国际市场同场竞技，抢占更大的市场份额；同时考虑在海外设立分公司，利用国外的各种优质资源，将服务前移，蝶变成真正的国际化企业。

正如我上面提到的，每个人的职业生涯都是有限的，我也不可能永远在恒力泰领头人这一位置上。我衷心地希望以后无论是谁来执掌，都能把恒力泰长期积淀形成的优良传统保留下来，并且发扬光大，同时适应不同时代的需要，与时俱进，保持老牌企业年轻态，永葆活力，持续提升竞争力。我也希望在恒力泰60周年纪念专刊之后，还能有幸看到恒力泰70年、80年、90年、100年的纪念专刊，公司发展历史不断延续的同时希望通过文字图片的形式将其保留下来，将大家共同奋斗的美好点点滴滴一一记录下来。

我仿佛已经预想到，恒力泰百年庆典，届时将邀我出席，那该是多么荣幸之至、激动人心的事啊！

以此为序。

二〇一七年三月

前　言

　　一株幼苗，历经风吹雨打，历经整整一个甲子的岁月洗礼，终于长成了一棵枝繁叶茂的参天大树。

　　这就是恒力泰，佛山市恒力泰机械有限公司。诞生于1957年的恒力泰企业，今天已经是国家高新技术企业，国家火炬计划重点高新技术企业，中国建材机械制造20强企业，广东省创新型企业，广东省民营科技企业，广东省装备制造业50骨干企业，广东省战略性新兴产业（智能制造）骨干企业，陶瓷压砖机国家行业标准主要起草单位。

　　恒力泰从非常原始、非常薄弱、非常落后的基础上起步，早年更先后三次面临解体的危机，历尽了惊险与艰辛。恒力泰在艰苦卓绝的抗争、拼搏、奋斗中逐渐成长逐渐成熟，一步一个脚印地创造了令人不可思议的业绩，同时也在实践中凝成了令业界瞩目的"力泰精神"和"力泰经验"，鼓舞着恒力泰人向一个又一个更高的目标奋力冲刺。

　　自1988年研制成功我国第一台600吨级液压自动压砖机以来，恒力泰压机一次又一次地填补国家空白，打破国外品牌的垄断，荣获国家科技进步奖，终于成就了"国内领先、国际先进"的中国陶瓷压砖机第一品牌，荣获中国陶瓷行业名牌产品、中国建材机械工业著名品牌产品、国家重点新产品、广东省自主创新产品、广东省重点新产品、广东省高新技术产品、广东省名牌产品等殊荣。产品连续十多年保持国内市场占有率第一，连续十年保持世界产销量第一的地位，远销到亚洲、非洲、南美洲的20多个国家和地区。

　　恒力泰液压自动压砖机现已形成从600吨级到20000吨级共40多个规格型号的产品系列，年产能力可达700余台。其中自主研发的万吨级超大规格陶瓷板压机属于战略性新兴产业中的高端装备，是拥有完全自主知识产权的研发成果，也是中国陶瓷成型装备领域备受瞩目并寄予厚望的里程碑之作。近年依托丰富的液压自动压砖机设计、制造经验及雄厚的研发创新实力，恒力泰相继推出了耐火砖自动压砖机、墙体砖自动压砖机、透水砖自动压砖机等多系列压砖机新产品，以卓越产品服务于更多的行业。

遵循"追求卓越，创造第一"的理念，恒力泰在佛山市三水工业园区兴建的集机、电、液、气于一体的大型机械装备生产基地，目前已发展成为全球最大最专业的压砖机、布料系统和翻（接）坯机等装备的大型研发生产基地，为陶机系列化和压机多元化的发展战略打下了坚实的基础。

恒力泰历经60年，走过了一条历尽艰辛、难以想象的披荆斩棘之路。这一个甲子的非凡历程，承载着一代又一代恒力泰人的梦想、心血和汗水。这是恒力泰企业倍可珍贵的精神宝藏，也是我国陶机行业、陶瓷产业不可多得的精神财富。毛泽东说：历史的经验值得注意；列宁说：忘记过去就意味着背叛。所以，恒力泰过往60年的历程，值得所有新老恒力泰人和他们的新老朋友去回味和铭记。

甲子峥嵘，相伴有你；时光不老，砥砺前行。让我们一起回顾以往60周年艰苦创业的峥嵘岁月，铭记过去一个甲子酸甜苦辣的奋斗历程，继承恒力泰积淀深厚的企业文化，为办好百年企业的光辉目标努力奋斗。

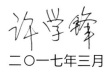

二〇一七年三月

目录
Contents

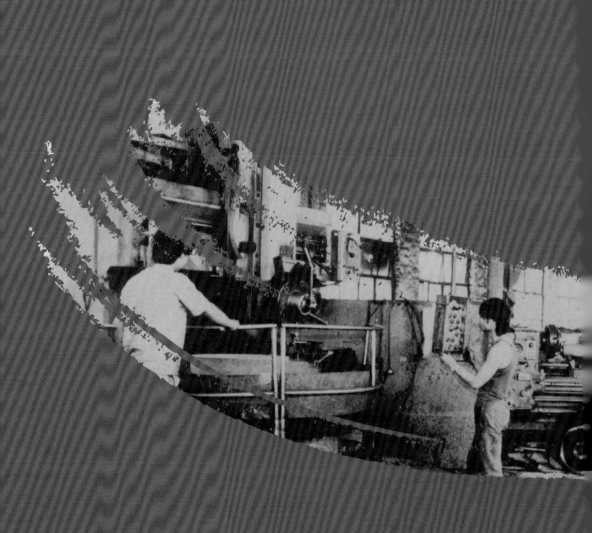

HLT 恒力泰
HENGLITAI

| 恒 | 力 | 泰 | 建 | 厂 | 60 | 年 | 纪 | 实 |

第一篇

艰苦创业

「石湾瓦、甲天下」。

1957年，在南国陶都——石湾，石湾五金机械修配厂（石湾陶瓷机械厂的前身）破茧而出，一批以「老石湾」为主的能工巧匠开始了早期的艰苦创业。时光荏苒，沧海桑田，在那个特殊的年代，命运多舛的石湾陶瓷机械厂历经多次变迁和解体危机，依然顽强生存延续，见证初期的峥嵘岁月。

【第一章】

幼苗破土艰难生长
两度面临生死考验

一、1956年下半年，石湾日用杂品社诞生

新中国成立后，我国对农业、手工业和资本主义工商业实行社会主义改造。1956年下半年，石湾日用杂品社成立。负责人：卢锦芝（主任），财务：张奎，供销：傅安，地址在东平河边的一街（海边西街），即现忠信路凤凰路口对面的河边。

石湾日用杂品社由多家个体手工业户组成：其中包括一家在高庙附近东平河边的打钉铺（主要锻造船钉，兼卖石灰），一家在沙头街的修磅铺（主要修理磅秤），两家在高庙地的打铁铺（打制锄头、镰刀、菜刀、线尾等五金杂件），员工共10余人。

二、1957年上半年，石湾五金机械修配厂正式成立

1957年3月28日，在石湾日用杂品社基础上，石湾五金机械修配厂正式组建成立。厂址在今天和平路与高庙路交汇处的张家厅（祠堂），杨江任副厂长，全厂职工45人，没有像样的厂房和设备，加工工场分散、狭窄、短小。最初只能生产船钉，修理简单的陶瓷设备及五金什件，随着陶瓷行业的发展，开始生产试制切泥机、小型釉料滚筒机（后称球磨机）等产品，使修配厂逐步站稳脚跟。当年10月职工发展到80人，车床4台、手摇式刨床1台等大小设备10余台，在此基础上开始生产粉碎机、筛泥机、砂装机，并维修船用发动机，工厂年产值3万元。

佛山市地方国营
石湾陶瓷机械厂徽章

三、1958年，更名为佛山市地方国营石湾陶瓷机械厂

1958年初，全国上下办工业，"钢铁升帐当元帅，机械工业当先锋"，当时佛山市委提出，一定要把佛山的机械工业搞上去。1958年3月28日，以石湾五金机械修配厂为基础，正式挂牌成立佛山市地方国营石湾陶瓷机械厂。杨江任第一任厂长，于新才任党支部书记，办公室在石湾镇和平路的原南海师范学校，即今天的禅城实验高中校址。工厂靠贷款1万元起家，全厂职工约80人，各种机床设备共15台，小型化铁炉1座，可以铸造简单的铸件，产品有风座磨、切泥机、小型球磨机、陶瓷外壳风机、起重设备等，逐步发展为陶瓷机械专业化生产厂。

当年全国大炼钢铁，搞"大跃进"，搞机械元帅升帐。石湾的大炼钢铁群众运动也是如火如荼，但只有陶机厂炼出了120千克熔炉钢，还因此烧毁了30千伏安的变压器。据说当时其他单位炼出的只是一些温度较低的烧结铁而已。其时石湾还全面兴起"以陶代钢"运动，陶机厂也参与制造了陶瓷鼓风机、陶瓷水泵等以陶代钢的产品。

至1958年底，石湾陶瓷全行业有练泥机28台、球磨机8台、石碾机7台，初步改变了完全靠手工和繁重体力劳动的状况。以后各厂陆续增添了各种陶瓷机械设备，其中不少是石湾陶瓷机械厂加工和制造的。

四、1959年从广州引入化铁炉

1957年在张家厅时厂里已有简单的化铁炉和翻砂铸造。至1959年,陶机厂又从广州引入较大的化铁炉,扩建铸造车间。点头炉是从广州某工业户,连设备带技术人才引入石湾的。此期间卢广任厂长。同时,石湾炼铁厂20余人(陈女、伍康等人)并入车间,工厂职工增至百人,设有车工车间、铸造车间和打钉组,设备包括旧车床8台、水泥座大头车床2台、加工台钻1台、陈棠辉等主持设计制造的土钻床1台等。当年业务有五金加工、铸造、修配,没有稳定的正式主打产品。

五、1960年,迁址海口莘岗

1960年,石湾陶机厂迁往海口莘岗。金工车间设在一间陈姓的祠堂内。铆焊和翻砂(铸造)在忠信街。办公室在振华学校,地址在忠信路接近海口处。

六、1962年,面临第一次解体危机

"大跃进"之后进入三年困难时期,全国实行国民经济调整。在此大环境下,由于经营不善,生产不景气,加上原料不足,产品质量欠佳,生产成本高企,陶机厂举步维艰,难以为继。上级领导决定撤销陶机厂,并报经市计委批准,后被石湾手工业联社主任侯广义以退回"共产风"的办法,收回陶机厂划归手工业联社,才得以保存。但原来的地方国营石湾陶瓷机械厂,从此变成集体所有制的联社工厂,并易名为佛山市石湾陶瓷机械厂。

油压机

J-160型卷扬机

七、1963年，技术人员带师投奔

早期的石湾陶瓷机械厂，除了汇聚一批以"老石湾"为主的能工巧匠和学徒之外，也有一批技术人员带师投奔，包括杨杰成、袁锐根、谢家乐等从省城广州调入石湾陶机厂，与"老石湾"一起为工厂的艰苦创业奉献青春。

八、1964年，合并石湾五金社

石湾陶瓷机械厂与当时位于太平街口的石湾五金社合并，员工共160多人。书记蒙源、厂长林沛。原五金社社长唐廉任副厂长，负责生产经营工作，唐廉以"两板斧"迅速扭转了局面。

唐廉的"两板斧"：一是改变生产经营方向，开始研发适销对路的新产品，产值、利润迅速增长，其利润比原有的产值还要高。二是进行技术革新、技术改造。当年陶机厂没钱买机器，那时是计划经济，物资匮乏。陶机厂就从手工、人力的小改小革开始起步，到后来逐步自制专用设备，到资金充裕后再想办法外购新装备，可谓历尽艰辛不堪回首。

石湾老厂房

九、1964年，招收首批学徒工

1964年6月石湾陶机厂招收了20多名学徒工，大部分是高中毕业生，职工队伍的文化水平、技术水平得到明显的提升。其中包括梁球、潘达潮、周海、黄家熊、余炳湖等人，后来都成了陶机厂的生产技术管理骨干。

十、1964年9月，迁址到石湾镇中路

陶机厂从海口莘岗迁址到石湾镇中路。该处原为石湾蓖麻农场农业鱼塘队部所在地，只有两间破旧瓦房和一个草棚，周围全是农田和鱼塘。合并后的石湾陶机厂在此填土建房，艰苦创业。

十一、1964年，开展群众性技术革新活动

1964年9月，陶机厂从海口莘岗迁址到石湾镇中路后，开展群众性的技术革新活动，涌现出一大批革新成果，其中黄鸿设计车工车间3吨吊车；李驹游、钟广棣等设计2米端面车床；杨杰成负责设计Y316滚齿机；欧泽锦设计中头刨床；梁汉设计单轴镗床；崔杏天设计

双轴镗床。

通过大搞技术革新、技术改造，同时增添部分设备，整个企业出现了新局面，李驹游、陈海文等研制15吨摩擦压力机及其他陶瓷机械顺利结束试制阶段，石湾陶机厂回复新生。

十二、1965年，正式生产陶瓷机械产品及配件

1965年，生产15吨、30吨摩擦压力机、1吨球磨机、压滤机、双缸泥浆泵等陶瓷专业机械产品共92台，全年铸件235吨，工业总产值达64万元，利润6.8万元，职工人数180人，机械设备73台，厂区占地7000平方米，厂房建筑面积4164平方米。

十三、1966年，化解第二次解体危局

1965年初开展"四清"运动，部分领导受当时的极左思潮影响，认为石湾陶机厂以产品为主是偏离了方向，唐廉因此"靠边站"，整个企业受"文化大革命"冲击。至1966年初"四清"运动结束时，陶机厂生产经营遇到困境。当时"四清"工作队又一次想将陶机厂解散，提出三条解决办法：一是把原五金社合并过来的人员再分出去，重新成立五金社；二是把原五金机械修配厂人员中的一部分分配到各家陶瓷厂去；三是剩下来的人员搞机械维修保养服务，维修任务不足时就到附近山岗挖岗沙，把岗沙原料卖给陶瓷厂。陶机厂再次面临解体。后来，上级领导决定把唐廉解放出来，任命为代理副厂长，重

Y-120型双缸隔膜泵

M-643型摩擦压力机

G-500型旋叶搅拌机

新主持原来的工作。唐廉与当时的书记袁广洪、厂长蒙源等通力合作，增建一座800平方米翻砂车间，新建60平方米化验室及增添成套化验设备，继续开发陶瓷机械设备。同时，重新实行以产品为主的经营方向，大胆接受生产任务，迅速试产成功100吨压力机，企业开始步入良性循环。

十四、1967年，陶瓷机械产品现雏形

石湾陶机厂早期的100吨压力机，是用来压制耐火砖的，用户包括南海盐步耐火砖厂等，其结构为三截分体，与后来的压砖机完全不同。至"文革"前，石湾陶机厂的主要产品有：100吨耐火砖压砖机，30吨陶瓷压砖机，双缸泵，辘轳机，练泥机，0.3吨、1吨、1.5吨球磨机，压滤机等等。

【第二章】

迎来第一个兴旺时代
化解第三次解体危机

刘栋民

一、1968年，刘栋民上任，开始跑马圈地扩建工厂

1968年8月，刘栋民从工宣队奉调进驻陶机厂，任革委会主任、书记至1978年。此时期曾任革委会副主任抓生产的有蒙源、林沛、刘钊，任副书记的有邝海泉等。刘栋民上任后，开发试制70年代新产品，63吨、250吨曲轴冲床和100吨、120吨、160吨摩擦压力机试制成功，使陶机厂生产经营品种大为增长，经济效益不断提高，年产值达100万元。

其时位于石湾镇中路的陶机厂原本只有手工业联社投资建成的几间厂房和草棚，不能满足生产发展需要，刘栋民到任后立即开始在附近跑马圈地、扩建工厂。当时附近都是未被开发的山岗，占用山岗只需向园林处补偿一点钱：一棵竹树赔偿3元。最初圈地用的是木桩拉篾线，后来再用砖砌围墙。陶机厂区自此横跨镇中路两边：山上一边2万多平方米，山下一边1万多平方米，随即把翻砂车间和铆焊车间从山下迁移到山上。

二、1968年，大批骨干入厂

1968年8月，石湾陶瓷机械厂迎来了一批技校毕业生，包括严国兴、苏达樑、何细、张锦添、蔡永明、招卫权、霍雨教、陈才、郑翠霞等共20多人，以及陆续分配到李宇光、

何成等大学毕业生，和接收姚广松、饶斯挺、潘浩泉等复退军人。这些人员中的大部分后来成长为工厂的中流砥柱，极大增强了工厂的生产、管理、技术力量。加上当时一批青工的成长，使陶机厂面貌大为改观，优秀的技术工人、工匠不断涌现。

三、1968年，用土办法生产大冲床

时值"文化大革命"时期，各地时兴制造毛主席像章。陶机厂当时的主要产品为30吨、100吨摩擦压力机和63吨曲轴冲床，曾接受和出色完

1.250吨单点曲轴冲床
2.Y316型滚齿机
3.翻砂女工
4.出管机、练泥机
5.S-300型双刀辘模机

石湾老厂房

成上级分派的制造250吨曲轴冲床的任务。当年铸造车间的冲天炉容量仅3吨，浇铸部件时先熔一炉铁水用坩埚保温，再熔一炉铁水才一起浇铸。该机自重24吨，而陶机厂安装车间吊车仅能吊重5吨，且车间高度不够，所以是在车间门前搭一个草棚进行安装。这种250吨的大冲床先后制造了2台，分别运往广州和韶关。

四、1969年起，大量增添机床设备

从60年代末到70年代，石湾陶机厂进入一个"从无到有、从小到大"的艰苦创业、艰苦奋斗时期。在原来只有几台C615、C618、C630、C640车床和八呎（1呎＝30.48cm）龙门刨床等的基础上，又陆续购置了牛头刨床、钻床、铣床、4米龙门刨床等通用设备，以及通过消化吸收，成功研制的Y316滚齿机和50mm摇臂钻床等较大型设备，由苏安年主抓自行设计、制造成功5吨、10吨吊车，为安装车间和翻砂车间的配套做出了贡献。

石湾陶瓷机械厂团支部留念 1975.9.19

早期员工合影

五、1971年，新员工批量入厂

1971年，石湾陶瓷机械厂又迎来了一批新员工，包括吴社颜、苏梅珠、黄炽坚、霍雁屏、何凤珍、潘玉珍、林女、胡欢、苏国辉、陈爱柳、黎洁女等等，为陶机厂发展注入了新的活力。

六、1975年，兴办本厂的"七二一"工人大学

随着企业的兴旺与发展，专业人才的缺乏和员工专业技能的提高成为亟待解决的突出问题。1975年，工厂采取多种措施开展专业技术培训，大力培养专业人才，还自行在厂内组织生产骨干20人成立"七二一"工人大学，聘请华南工学院老师为学员授课，讲授机械设计、力学、高等数学等课程。国内陶瓷行业资深专家陈帆教授时任授课老师，开始了与陶机厂（恒力泰）长达40载的结缘之路，包括80年代中期联手研制我国第一台600吨级陶瓷自动压砖机。

LN1120×300轮碾机　　　　CCX-20型槽式磁选机

J93-15A型双盘摩擦压砖机　　　　J93-30A型双盘摩擦压砖机

七、70年代，早期陶瓷机械渐成气候

　　工厂的主要产品有多种手动摩擦压砖机，以及0.3吨、1吨、1.5吨等齿轮传动的小型球磨机、压滤机、轮碾机、练泥机、槽式磁选机等，早期陶瓷机械渐成气候。

YL系列压滤机

J93-60型双盘摩擦压砖机

J93-120型双盘摩擦压砖机

八、1979年，上马分体式摩擦压力机

20世纪70年代后期，石湾的陶瓷厂陆续开始生产墙地砖。石湾陶机厂70年代生产的30吨双盘摩擦压砖机是整体式的，1979年开始重新研制分体式的J93系列双盘摩擦压砖机，包括J93-15型（15吨）、J93-30型（30吨）、J93-60型（60吨）、J93-120型（120吨）双盘摩擦压砖机，专门用于冲压10cm×10cm规格的陶瓷墙地砖砖坯。J93系列双盘摩擦压砖机一度成为石湾陶机厂研制出8吨、14吨湿式大型球磨机之前的畅销产品。

九、1979年，化解第三次解体危局

1979年党中央提出了国民经济"调整、改革、整顿、提高"的八字方针，上级主管领导一度把石湾陶机厂当成一个大包袱，拟价30万元加40吨钢材，把陶机厂卖给佛山市机电公司，市调整办经过研究审议，准备拍板成交。后因陶机厂的上级石湾镇陶瓷公司提出异议，致使这件事情被拖延下来。其后石湾镇陶瓷公司又提出处置陶机厂的第二个方案：即以公路为界，把铸造和铆焊两个工种及其所占地盘2万多平方米划出去卖掉，余下的车工车间和办公室等约1万多平方米地盘，仍归陶机厂所有并继续经营。后来，在各方讨价还价的过程中，陶机厂开始出现转机，接着还出现了形势大好的新局面，于是上级领导才决定把陶机厂保存下来。1979年委任霍永佳为党支部书记、唐廉任厂长。

1979年产品销往全国多个省市，工业总产值达到155.26万元，利润达27.64万元，全员劳动生产率4242.08元/人，全厂职工人数达到366人。

早期石湾老厂大门

十、70年代至80年代初，主产曲轴冲床

整个70年代直至80年代初，曲轴冲床是陶机厂的主导产品之一。曲轴冲床在本地俗称"虾公啤"，63吨曲轴冲床主要供给电机厂用于冲压矽钢片，是当时产量最大、生产时间最长的主要产品之一。其时工厂同时挂两个牌子：一个是石湾陶瓷机械厂，另一个是佛山锻压设备厂。其间于1980—1982年，还生产过几十台14吨自动曲轴冲床，部分产品还销往中国香港、东南亚地区。

十一、老一辈技术骨干见证发展的峥嵘岁月

在石湾陶瓷机械厂艰苦创业阶段，陈权、陈棠辉、陈玉细、陆珠、黄洪、陈佐流、夏荣铿、姚广松、伦科、黎灶、袁锐根、李驹游等老一辈技术骨干，在那个特殊的年代，为陶机厂的发展作出积极贡献，见证了发展的峥嵘岁月。

十二、70年代至80年代，全国八大陶机厂

20世纪70—80年代，原轻工业部对各主要陶瓷产区的陶瓷机械厂进行了大规模、多次的技术改造和扩建，形成了唐山轻工业机械厂、湖南省轻工机械厂、景德镇陶瓷机械厂、醴陵陶瓷机械厂、淄博陶瓷机械厂、宜兴陶瓷机械厂、营口陶瓷机械厂、石湾陶瓷机械厂等八家定点陶瓷机械制造企业。其中石湾陶瓷机械厂规模较小、实力最弱，工厂的创业尤为艰辛和曲折。

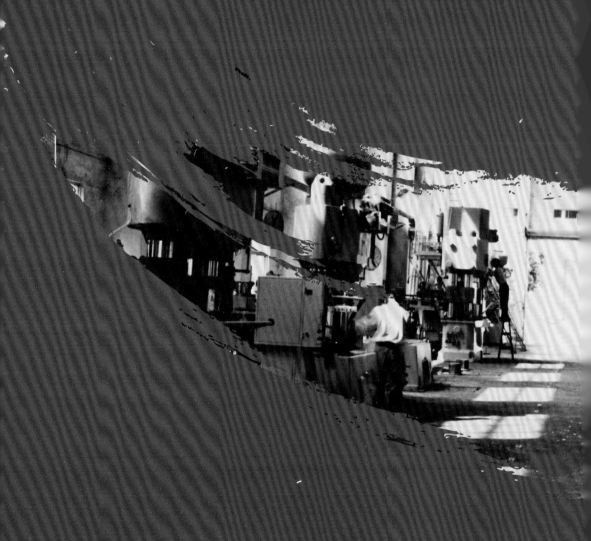

【第三章】

研制成功我国第一台 自动压砖机

一、1980年起，开发现代 建陶生产设备新产品

20世纪70年代后期，石湾 各陶瓷厂纷纷转产建筑陶瓷墙 地砖，对相关的生产设备需求 甚殷。至80年代初期，各厂陆 续派员去海外考察现代建陶生 产设备，带回了大量的信息与 资料，石湾陶瓷机械厂发扬自 立精神，坚持洋为中用，通过 消化、吸收与创新，开发现代 建陶生产设备新产品。

唐廉

二、1982年，开发成功大 吨位摩擦压砖机

石湾陶瓷机械厂第一台摩 擦式压砖机早在1964年就开始 研发，并于1965年研制成功。 多种吨位的摩擦压砖机都是早 在60年代就试制成功，1979年， 上马分体式摩擦压砖机。 1982年左右研制成功300吨的

J53-160型双盘摩擦压力机

早期8吨球磨机

8吨球磨机荣获广东省科技进步三等奖

摩擦压砖机，至此，石湾陶瓷机械厂形成15～300吨的系列摩擦压砖机。

三、1982年，分配到一批大学生

1982年开始陆续分配到一批大学本科毕业生进入石湾陶机厂工作，包括冯瑞阳、杨德计等，增强了工厂科技干部队伍，不断开拓80年代新产品，为石湾陶瓷机械厂的发展注入新活力。

四、1982—1983年，研制国产现代化球磨机

1980年以前，国产球磨机最大为2.5吨级，均为齿轮传动式，譬如0.3吨、0.5吨、1吨、1.5吨、2.5吨等规格。佛山市陶瓷行业绝大部分仍使用1.5吨以下的小球磨机，针对小球磨机占地面积大、产品质量不均匀、耗工费电、工人劳动强度大、管理较复杂等被动状况，根据广东省科委科技项目（第二部分）粤科字【1982】43号文，佛山市科委于1982年5月30日将FQM2850×4000型球磨机（8吨球磨机）新产品设计试制任务下达给石湾陶瓷机械厂（佛科字【82】005号），由佛

QMP3000×4650湿式球磨机(14吨)

山市陶瓷工业公司直接组织实施，开展国产现代化球磨机的研发。主持人是李宇光，研发人员包括罗明照、苏达樑。该产品是间歇式、湿法、主要用于陶瓷厂制备泥浆的物料细磨机械，开创了国产球磨机皮带传动的先河，是我国陶瓷行业第一台8吨皮带传动湿式球磨机。产品于1983年7月22日正式在佛山市石湾建国陶瓷厂投入工业试运行并一次试产成功，填补了我国球磨机大规格系列的空白，1983年12月27日通过了广东省科学技术委员会委托佛山市科委、佛山市经委联合组织的技术鉴定，1983年12月28日《南方日报》在一版刊发"大型湿式球磨机研制成功"的新闻报道。产品于1984年12月荣获广东省科技进步三等奖。

五、1984—1985年，开发成功现代化大型球磨机

采用大容量球磨机是陶瓷行业原料加工技术改造的重要手段，针对当时国内普遍采用小容量球磨机的情况，1984年11月9日，由广东省经济委员会下达给石湾陶瓷机械厂的新产品试制项目（文号：粤经改【1984】596号）：QMP3000×4650型球磨机（14吨），是广东省重点新产品消化吸收项目，主持人是李宇

佛山市石湾陶瓷机械厂

你单位QMP3000×4650型球磨机评为

全国轻工业优秀新产品特发证书

以资鼓励

中华人民共和国轻工业部
一九八七年十一月

14吨球磨机荣获1987年全国轻工业优秀新产品奖

光。产品于1985年4月底试制成功，是间歇式、湿法、边缘皮带传动，主要用于陶瓷厂制备泥浆的物料细磨机械。产品于1986年4月率先在佛山市石湾耐酸陶瓷厂投入使用，球磨加工彩釉砖原料。1986年7月24日经国家轻工部机械局和广东省经委组织技术鉴定，认为产品具有占地面积小、噪声小、定位方便、标准化程度高等特点，是当时全国同行业最大型的球磨机，填补了我国大型球磨机的空白，对于改变小机群粉磨物料方式、墙地砖生产成套装备国产化的配套具有很大意义。1986年7月25日《佛山报》以"石湾陶瓷机械厂试制成功新型球磨机，实现陶瓷装饰砖自动线国产化指日可待"为题发表新闻报道，7月27日《羊城晚报》也以"佛山制成大型球磨机"为题作了报道。现代化大型湿式QMP3000×4650型球磨机批量投入生产后一度成为石湾陶瓷机械厂的主打产品。自此之后，广东佛山地区生产的大型球磨机规格越来越多，陆续有15吨、20吨、30吨、40吨、60吨、100吨等规格。

WL型喂料机

六、1984—1985年，研制成功WL型喂料机

WL型喂料机是球磨机实现机械化定量进料的主要设备，解决大型球磨机用人工运送装料周期长、耗劳动力多、工人劳动强度大等问题，缩短球磨辅助时间，提高球磨机使用效率。石湾陶瓷机械厂于1984年在消化吸收的基础上，研制成功国内首创的WL/12型喂料机，1984年11月在佛山市石湾建国陶瓷厂与石湾陶机厂研制的8吨球磨机配套使用。在此基础上，1985年研制成功WL/20型喂料机，1986年4月在佛山市石湾耐酸陶瓷厂与石湾陶机厂研制的14吨球磨机配套使

用。WL型喂料机属于国内首创产品，被广东省经委列入广东省1987年工交重点新产品试制计划，1987年9月5日通过了广东省陶瓷公司组织的技术鉴定，于1988年被广东省人民政府评为1988年优秀新产品，并获评佛山市消化吸收创新优秀项目。

1.箱型甩釉机
2.LJ-600型搅拌机
3.射流搅拌泵
4.斗式提升机
5.GM/4隔膜泵
6.SZ-50湿式振动筛

七、80年代中前期，借改革开放的春风，掀消化吸收的高潮

1983年，借改革开放的春风，佛山石湾利华装饰砖厂率先引进意大利唯高公司年产30万平方米彩釉砖的自动生产线后，佛山市陶瓷工业公司组织包括石湾陶瓷机械厂等各企业参与消化吸收工作，石湾陶机厂据此开始研发试制各种现代化建陶生产装备，包括喂料机、湿式振动筛、搅拌机、四隔膜泥浆泵、辊道窑、大型湿式球磨机、斗式提升机、一次烧成施釉线、喷雾干燥塔等，掀起消化吸收的高潮，其中湿式振动筛、喂料机、14吨球磨机荣获佛山市消化吸收创新优秀项目。

石湾陶瓷机械厂

华南工学院

咸阳陶瓷研究设计院

八、1984年，开启YP600型液压自动压砖机研制之旅

1984年4月18日，作为陶瓷墙地砖生产中粉料压制成型的关键装备，针对现代建陶装备中技术含量最高的自动压砖机，由国家建材局作为"1984年建材工业新技术开发项目计划"下达给咸阳陶瓷研究设计院，由咸阳陶瓷研究设计院、华南工学院参照国外先进生产线自主摸索、联合设计，由石湾陶瓷机械厂承接加工制造，自此开启了我国第一台自动压砖机的研制之旅，成为国内早期开展产学研合作的典范。

九、1984年8月，FＱＭ2850×4000型球磨机（8吨）获奖

FQM2850×4000型球磨机（8吨）获得广东省一轻工业优秀"四新"产品二等奖；12月，被广东省科委评为"全省优秀科学技术研究成果三等奖"。

十、1985年1月16日，《南方日报》刊发报道：佛山陶瓷工业开始起飞，把技术水平从50年代提高到80年代

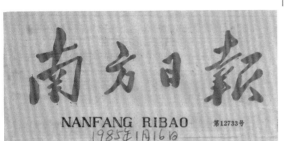

文中提到：佛山市石湾区是我省著名的陶瓷产区，已有一千三百多年的历史。佛山市陶瓷工业公司从1980年开始，先后与日本、联邦德国、意大利、英国等生产陶瓷设备的厂商进行了广泛接触，引进国外先进技术装备，同时努力消化和创新，围绕陶瓷工业的三大工序即原料加工、成型、煅烧，全面开展技术改造。比如市陶瓷工业公司会同市科委、经委在石湾陶瓷机械厂，研制成功我国陶瓷行业第一台20立方米湿式球磨机（编者注：即石湾陶瓷机械厂研制的8吨球磨机），并于1983年底通过技术鉴定，投入批量生产。几年来，这个公司通过引进、创新，使全行业技术设备水平从50年代提高到80年代水平，产品质量名列前茅。

十一、1985年9月5日，《羊城晚报》刊发报道：佛山陶瓷工业公司引进路子对头，借鉴洋设备创新土机器，建筑陶瓷产量猛增四倍

文中报道：佛山市陶瓷工业公司提出"引进设备是手段，消化、吸收、创新才是目的"的指导思想。组织工程技术人员，研究引进的用来粉碎原材料的大型湿式球磨机的资料，结合工厂实际，设计和制造了我国第一台容量为20立方米的大型湿式球磨机（编者注：即石湾陶瓷机械厂研制的8吨球磨机），后来该公司又借鉴引进的设备，自己设计和制造了两台更大型的湿式球磨机（编者注：即石湾陶瓷机械厂研制的14吨球磨机）。这些借鉴"洋"设备而生产的"土"设备，都具有80年代的先进水平。该公司引进意大利生产的单层辊道窑，本来是烧煤气的，工程技术人员根据工厂的生产需要，把它改为烧重油的半隔焰式辊道窑。这种煅烧窑目前国际上还没有。意大利的厂家对这个创新很感兴趣，正在和该公司洽谈，共同合作生产烧重油的辊道窑，或购买生产技术专利。该公司生产的这种烧重油的辊道窑，除供应十多个省市的陶瓷行业，还准备出口设备和技术。去年11月底，中央领导同志到厂视察时向公司提出"两个辐射"（把引进、消化、吸收、创新的设备，向国内供应其他省市；向国外供应生产条件与我国接近的第三世界）的要求，现正逐步实现。

十二、1986年1月12日，联合召开供需研商会

1月12日，佛山市石湾陶瓷机械厂、湖南醴陵陶瓷机械厂、湖南株洲橡胶制品厂，三方联合召开1986年供需研商会，会场设在佛山市服务大厦，并举行盛大开幕式，到会宾客达三百余人。

十三、1986年4月24日，正式试制YP600型液压自动压砖机

作为国家"七五"计划重点科研项目之一，由咸阳陶瓷研究设计院、华南工学院、石湾陶瓷机械厂产学研合作的YP600型液压自动压砖机于1986年4月24日正式开始试制，主要研发人员包括刘存福、陈帆、王德胜、韦峰山、李宇光、罗明照、苏达樑等人。经过科研人员两年的努力，终于攻克技术难关，于1988年研制成功。

十四、1986年4月30日，《佛山报》刊发报道：石湾陶瓷机械厂崭露头角，走内涵扩大生产力的道路

文中报道：石湾陶瓷机械厂是佛山市陶瓷工业公司辅助工厂之一。过去，它主要为本公司各陶瓷厂维修、制造陶瓷机械设备。由于技术落后、厂房挤迫，机械设备精度差，除维修外，只能制造一些通用陶瓷机械设备。公司各陶瓷厂需要的大型和专用设备，主要依靠外省供应。为了改变这种落后状况，该厂领导带领全厂职工，将逐年积累的资金，优先用于更新设备，扩建厂房，开发新产品。1983年在市科委帮助下，研制成功我国陶瓷行业第一台8吨湿式球磨机，同年12月通过省级鉴定，批量生产。后来，又陆续研制成功并投产了四隔膜泵、翻板干燥线、施釉线、14吨湿式球磨机等一系列新产品。不仅提供给本公司陶瓷厂用于技术改造，而且已经销售到全国各省市自治区。过去在同行业中默默无闻的小厂，已被轻工业部列为陶瓷机械制造重点企业之一。

全国陶机联营公司成立暨87年春季订货会

十五、1987年2月27日，参加全国陶瓷机械春季订货会

2月27日，在佛山市举行的全国陶瓷机械春季订货会上，佛山市石湾陶瓷机械厂制造的8吨、14吨湿式球磨机、四隔膜泵、陶瓷装饰砖施釉线等7种（套）、11个规格的陶瓷机械设备，受到全国各地三百多家陶瓷厂家的欢迎，成交额达500多万元，占大会成交总额的1/4。在这次全国陶瓷机械订货会上，中国建筑西北设计院承担设计的广西南宁五一砖瓦厂，年产30万平方米釉面砖自动生产线的机械装备，全部向石湾陶瓷机械厂进货。

十六、1987年7月13日，加入北京中伦公司董事会

7月13日，石湾陶瓷机械厂加入国家建材局的北京中伦建筑陶瓷技术装备（联合）公司董事会，唐廉厂长作为董事会成员之一，与李宇光副厂长一起参加在北京召开的中伦公司董事会第一届董事会议。

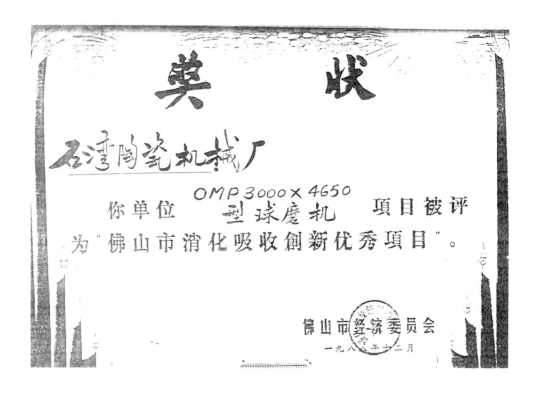

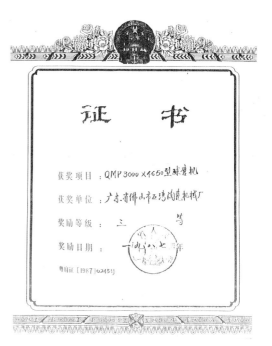

十七、1987年8月，QMP3000×4650型球磨机（14吨）获奖

QMP3000×4650型球磨机（14吨）同时获得广东省人民政府颁发广东省科技进步三等奖、广东省优秀新产品二等奖，11月获轻工业部评为全国轻工业优秀新产品。1988年12月荣获轻工业部科技进步三等奖，并被评为佛山市消化吸收创新优秀项目。

1988年劳动竞赛颁奖大会

唐廉

十八、1988年1月，陈树其调入石湾陶机厂

1988年1月，陈树其被上级委派到石湾陶机厂任党总支书记，1989年杨杰成副厂长调离陶机厂，1990年唐廉厂长退居二线，陈树其任厂长兼党总支书记。

十九、1988年8月，创办高明陶机分厂

1988年8月20日，陶机厂与高明民政局合资，创办佛山市石湾陶瓷机械厂高明陶机分厂，是石湾陶机厂第一间横向企业，以生产锻压机械及陶瓷机械为主，厂址在明城镇北郊，2000年前后结业。

此外，石湾陶瓷机械厂于1992在南海罗村筹办过一间实验厂，于1995年结业。

二十、80年代，唐廉掌舵石湾陶瓷机械厂，奠定工厂大发展基础

唐廉，人称"唐老板"，原石湾五金社社长，早在1964年石湾陶瓷机械厂与石湾五金社合并时，就已出任新的石湾陶瓷机械厂副厂长，负责经营、生产等工作，并以"两板斧"迅速扭转陷于困境的石湾陶瓷机械厂。几经沉浮，1980—1990年掌舵石湾陶瓷机械厂，长达10年之久。唐老板以市场经济的理念锐意改革，

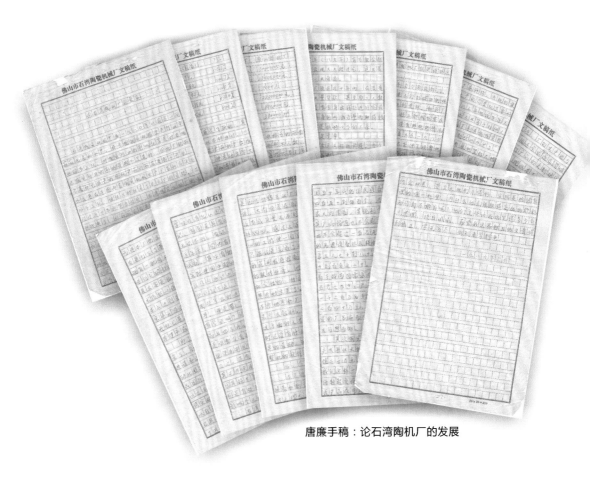

唐廉手稿：论石湾陶机厂的发展

胆识过人，采取"先易后难、学中有创"的策略，通过消化、吸收与创新开发现代建陶生产设备新产品。现代化大型球磨机、喂料机、湿式振动筛、喷雾干燥塔等一系列新产品，都是在唐廉主政期间推出的，现代建陶装备中技术含量最高的自动压砖机，在其力主下开展产学研合作研制成功，从而攻克消化吸收彩釉砖自动生产线的最后一道难关，使弱小的石湾陶机厂，一举跃升至全国八大陶机厂的前列，奠定工厂今后大发展的基础。

走出国门　　　　　　　　　　　　　　　职称聘任颁证大会

二十一、80年代，开展职称改革，创造良好的人才成长氛围

唐廉厂长积极引进人才，为人才的成长创造良好氛围，先后引进多批技术人才，其中马汉臣后来成为办公室主任直至2004年退休，除了引进技术人才，还前瞻性安排技术人员去意大利等陶瓷机械生产强国考察学习，吸收消化，走在同行业的前面。此外，唐廉厂长在1988年5月开展职称改革工作，为专业技术人员和技术管理人员评聘职称，激发和调动了广大技术人员积极性和能动性，为人才成长创造良好氛围。

1988年，第一台YP600型压砖机压制出第一批彩釉砖

二十二、1988年12月，研制成功我国第一台自动压砖机

1988年12月25日，第一台YP600型液压自动压砖机在石湾建筑陶瓷厂完成安装调试后上线使用，成功压制出第一批共5片150mmX200 mm规格彩釉砖坯，标志着国内首台600吨级自动压砖机正式投入工业运行，宣告从国外引进彩釉砖自动生产线历史的结束。该压砖机的早期用户包括：石湾建筑陶瓷厂、石湾建安陶瓷厂、石湾日用一厂、石湾裕华陶瓷厂、南海市罗村沙坑永兴陶瓷厂、顺德市乐从镇上华宏基陶瓷厂、广宁县丰宁陶瓷厂、东莞市陶瓷厂、湖北省宜昌陶瓷装饰材料厂、湖北枝江陶瓷厂、安徽省无为县建筑材料陶瓷厂等。石湾陶瓷机械厂因此成为我国最早研制成功并批量生产液压自动压砖机的企业。

二十三、1989年3月，《陶城报》创刊号发表YP600型压砖机研制成功的消息

1989年3月28日，《陶城报》创刊号在头版刊发记者许学锋的新闻报道，报道我国第一台自动压砖机在石湾陶机厂研制成功的消息。眉题是"攻克消化吸收彩釉砖自动生产线的最后一道难关指日可待"，主题是"600吨自动压砖机诞生"，副题是"目前正在石湾建筑陶瓷厂进行工业性运行试验"。

佛陶集团原料加工厂

二十四、1989年3月，石湾陶机厂更名

石湾陶机厂更名为：佛山市陶瓷工贸集团公司陶瓷机械制造总厂。

下设四个分厂：

成型设备分厂——专门生产陶瓷成型设备；

原料加工设备分厂——专门生产陶瓷原料加工的各种吨位湿式球磨机；

窑炉煅烧设备分厂——专门生产窑炉煅烧附属设备和各种施釉线、干燥线；

陶瓷模具分厂——专门生产各种陶瓷模具及配件。

二十五、1989年5月，由石湾陶机厂制造全部设备的全国最大原料加工厂投产

1989年5月16日，全国最大的原料加工企业佛陶集团原料加工厂试产成功，标志着我国陶瓷工业专业化生产进入了一个新阶段。这家具有世界先进水平的原料加工专业厂，主要设备均由佛陶集团陶瓷机械制造总厂制造。

源汝均同志（二排左5）参加集团公司培训班留影

二十六、1989年6月，佛陶集团号召向源汝均学习

1989年5月13日中午，佛陶集团陶瓷机械制造总厂二分厂副厂长源汝均，为了救人不畏强暴，见义勇为，光荣牺牲。6月8日佛陶集团和中共佛陶集团党委在石湾影剧院召开动员大会，号召全体干部职工向源汝均学习。陶瓷机械制造总厂党总支书记陈树其在会上介绍了源汝均生前事迹，佛陶集团党委书记周棣华发表重要讲话。中共佛山市委书记叶谷题词："见义勇为，视死如归。源汝均同志精神不灭"。市长卢瑞华题词："鞠躬为人民，献身救同志。源汝均同志永垂不朽"。

YP600型压砖机

二十七、1989年8月，首台国产液压自动压砖机通过技术鉴定

1989年8月12日，由咸阳陶瓷研究设计院、华南理工大学、石湾陶瓷机械厂联合研发制造的首台国产YP600型液压自动压砖机，通过了由国家建筑材料工业局组织的科技成果技术鉴定。鉴定结果认为由我国自行开发研制的YP600型液压自动压砖机具有工作稳定，结构紧凑，能满足陶瓷粉料压制工艺要求，制造精度符合设计要求，国产化和标准化程度高等优点。该机的研制成功，填补了我国600吨级液压自动压砖机的空白，达到国际同类产品80年代初期水平，对我国陶瓷墙地砖生产成套装备的国产化、现代化和陶瓷墙地砖新产品的开发具有重要意义。

二十八、1989年8月，陶机总厂首批陶机出口香港

1989年8月23日，两台12米长的大型平板货车，在佛山市陶瓷工贸集团公司陶瓷机械制造总厂满载陶瓷机械，启程运往香港。首批出口的陶瓷机械包括6台14吨湿式球磨机及1台喂料机，总值25万美元，进口商香港瓷坭有限公司除购进这批设备外，还继续代理陶瓷机械转口东南亚国家的业务。8月26日，《羊城晚报》和香港《文汇报》同时对此作新闻报道。

GD型辊道窑

二十九、1989年9月，《陶城报》发文报道陶机厂消化吸收引进设备的功绩

1989年9月8日，《陶城报》刊发头版头条消息，主题为"彩釉砖自动生产线全套设备研制成功 结束了从国外引进同类生产线的历史"。文中说：陶瓷机械总厂(当时的石湾陶瓷机械厂)负责消化吸收原料加工设备，在不到1年的时间里，便攻下了制造8吨及14吨湿式球磨机的难关，接着又研制成功了喂料器、四隔膜泵、大型喷雾干燥塔、GD型辊道窑、多功能施釉线等。其多功能施釉线由丝网印花机、转向机、40型补偿器等17台单机联结组成。佛陶集团全公司用自己制造的设备，武装了16条墙地砖自动生产线，并向广西钦州、广东中山、四会等地提供了5条。

干燥器塔体及热风炉

干燥器下锥体

干燥器的旋风除尘器

干燥器的湿式除尘器

YP600型压砖机

三十、1990年2月4日，《科技日报》一版刊发报道：引进消化吸收与创新相结合，佛山研制成功彩釉砖自动生产线

文中报道：广东佛山市陶瓷工贸集团公司陶瓷机械制造总厂，与国家建材局咸阳陶瓷研究设计院、华南理工大学合作研制的600吨液压自动压砖机，制造成功并投入运行，攻克了消化吸收彩釉砖自动生产线的最后一道难关。至此，经过5年多奋战，佛山已能制造这种生产线的全套设备。

三十一、1991年3月，YP600型压砖机列入国家级重点新产品试产计划

由咸阳陶瓷研究设计院、华南理工大学、石湾陶瓷机械厂联合研制成功的国内首台600吨自动压砖机，被国务院生产办公室列入1991年度国家级重点新产品试产计划（文号：国生科技【1991】96号），YP600型压砖机开始实现批量生产。

QMP3000×4650球磨机（14吨）

三十二、1991年11月，湿式球磨机荣获金奖

陶机总厂首创节汇产品8吨、14吨大型湿式球磨机双双荣获国家科委、广州市政府颁发的第三届全国新技术新产品展销会金奖。陶机总厂厂长陈树其发表文章《抓质量　创高产　增效益》透露：当年30吨手动压砖机月产量从10台增至30台，大型球磨机月产量从3~4台增至14~16台；至9月底已完成全年生产计划；与上年相比，工业总产值增长45.4%，利润增长37.75%，全员劳动生产率提高48%。

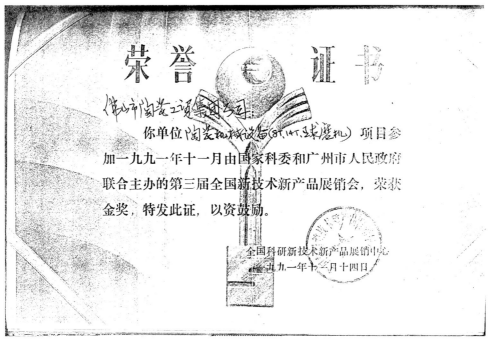

8吨、14吨球磨机荣获展销会金奖

三十三、1991年，开展"质量、品种、效益"年活动

在活动中涌现出一批青年骨干、科技标兵，其中杨德计带领技术工人赴辽宁海城陶瓷二厂指导安装辊道窑，克服重重困难，按时、按质完成任务，为陶机总厂赢得声誉，1991年3月被上级委任为陶机总厂最年轻的副厂长。

YP1000型压砖机

【第四章】

大整顿 大搬迁
大改造 大变样

一、1992年，开始研制1000吨压砖机

自1984年开始咸阳陶瓷研究设计院、华南理工大学、石湾陶瓷机械厂联合研制国内首台600吨自动压砖机之后，1992年三方继续合作研制YP1000型压砖机，至1993年4月完成调研、方案确定和图纸设计，被广东省科委列入1993年广东省重点新产品试制鉴定计划以及广东省火炬计划项目，1993年5月至1994年10月完成图纸审查、修改及工艺准备，1994年11月起在陶机总厂进行样机试制，首台产品于1995年10月率先在广州珠江陶瓷有限公司完成安装调试并投入使用。

二、1992年8月，严国兴到任陶机总厂党总支书记、厂长

严国兴于1968年从佛山技工学校毕业进入石湾陶机厂，在不同岗位工作20多年，职至车间主任，后调往佛陶集团模具厂任副厂长，是我国最先研制成功贴胶陶瓷模具的功臣之一。在石湾陶机厂面临新一轮发展之际，于1992年8月调回陶机总厂担任总厂厂长兼党总

严国兴

支书记，李宇光任生产副厂长、罗明照任技术副厂长、杨德计任销售副厂长。其时陶机总厂的拳头产品大型球磨机和各类传统陶瓷机械产品正遭遇周边众多乡镇企业的强力挑战，新产品YP600型液压自动压砖机销售不畅陷于亏损状态，企业的生存发展面临着严峻考验。

严国兴高瞻远瞩、深谋远虑、力排众议，坚决提出"自动压砖机不是要下马而是要上马"、"大型自压机只能上不能下"，极力坚持要把高科技的大型液压自动压砖机作为企业的主攻产品。他的依据是：一、发展机电液一体化的高新技术产品是现代陶机行业的根本方向；二、许多技术含量较低的陶瓷机械已被众多乡镇陶机厂大量生产，市场竞争激烈，但它们造不出大压机；三、本厂有技术、设备、人才、资金诸般优势，以己之长攻人之短，才是制胜之道；四、本厂有能力彻底攻克三大技术难题，使自压机达到可以替代进口产品的水平；五、建陶业的蓬勃发展和大批中小陶瓷厂急待技术改造，经济实用的国产自动压砖机将有广阔的

一次烧成施釉线

市场。于是陶机总厂把600吨自动压砖机作为突破口，在提质升档上狠下功夫，彻底攻克了漏油、冷却、电器三大难关，使YP自动压砖机性能完全可以替代进口，并以经济、实用的高性价比优势大举占领市场。

与此同时，针对当时厂内脏、乱、差的环境和员工思想消极、精神疲沓、纪律松散的现状，严国兴带领全体干部职工开展了声势浩大的大整顿、大搬迁、大改造运动，厂容厂貌与员工精神面貌焕然一新。

三、1992年11月，一次烧成彩釉墙地砖多功能施釉线通过国家级鉴定

11月30日，由国家建材局山东工业陶瓷研究设计院、北京中伦建筑陶瓷技术装备（联合）公司、佛山市陶瓷工贸集团公司陶瓷机械制造总厂联合承担的国家"七五"科技攻关项目"一次烧成彩釉墙地砖多功能施釉线"，通过了国家建筑材料工业局组织的科技成果鉴定。该项目针对80年代中期我国只生产三箱摆动喷釉的一

陶机总厂37周年司庆留念

陶机总厂标识

次烧成施釉线，以自行设计和消化吸收相结合的方式，研制新型一次烧成彩釉墙地砖多功能施釉线，该生产线的工艺技术与装备具有80年代国际同类产品的水平，可以替代进口，有明显的经济效益与社会效益。一次烧成彩釉墙地砖多功能施釉线荣获1994年佛山市科技进步二等奖，并被国家科委列入1994年度国家级重点新产品试制鉴定计划。

四、1993年3月，更名为广东佛陶集团股份有限公司陶瓷机械总厂

原佛山市陶瓷工贸集团公司陶瓷机械制造总厂再次更名为广东佛陶集团股份有限公司陶瓷机械总厂。3月28日建厂36年之际，举办了首次厂庆活动，邀请历届厂级领导参加庆典，共商振兴石湾陶机厂大计。

JF系列翻坯机

五、1993年3月，起草我国第一部压砖机国家行业标准

佛陶集团陶机总厂作为主要起草单位，负责起草我国第一部压砖机国家行业标准《液压自动压砖机》QB/T1765-93。

六、1993年4月8日，《陶城报》刊发严国兴专访

该专访的标题是："36个寒暑跨过四个里程碑，陶机总厂名列同行业前茅"。严国兴所说的第一个里程碑是从无到有，1957年在十分原始落后的条件下，雄心勃勃试制出切泥机和小球磨。第二个里程碑是60年代用蚂蚁啃骨头的办法制造出锻压设备的庞然大物，其中250吨冲床尤以质量高、性能好而备受欢迎。第三个里程碑是1983年研制成功8吨大型湿式球磨机，填补了国内空白。稍后又研制出14吨球磨，先后获省和轻工部的科技进步奖。第四个里程碑是1988年研制成功YP600型压砖机，去年生产了8台，全部售出供不应求。

七、1993年5月，立项研制自动翻坯机

5月10日，佛陶集团陶机总厂自行立项研制JF系列自动翻坯机，于1994年研制成功并生产试销近百台。该机是现代陶瓷墙地砖生产线中全自动压砖机的关键配套装备，在生产线的主机之间起联接（压砖机与窑炉或干燥器）、翻坯、修坯

和扫尘作用。早期产品包括 JF105、JF129、JF140等三个 规格型号，分别与YP600、YP1000、YP1680等三型号压砖机 配套使用。JF系列自动翻坯机 于1997年12月11日通过广东省 科委组织的科技成果鉴定，认 为产品是国内首先通过鉴定的 系列自动翻坯机，达到国外同 类产品90年代水平。

八、1993年7月，试行承包经营责任制

1993年是佛陶集团陶机总 厂迈向新起点的关键一年，一 分厂、二分厂试行承包，增加 分厂自主权，打破施行十几年 的工时定额"一贯制"做法， 改为实行承包制，使劳动生产 率提高了1/3。全面推行的分厂 承包、销售承包、评优奖、单 项奖等激励措施，使全厂形成 了一种精神振奋、斗志旺盛的 新气象。

九、1994年3月，YP600型液压自动压砖机获奖

YP600型液压自动压砖机 荣获国家建筑材料工业局颁发 的1993年全国建材行业部级科 技进步二等奖。

十、1994年6月，一次烧成彩釉墙地砖多功能施釉线获奖

佛陶集团陶机总厂联合国 家建材局山东工业陶瓷研究设 计院、北京中伦建筑陶瓷技术 装备（联合）公司研发的一次 烧成彩釉墙地砖多功能施釉线 荣获佛山市科技进步二等奖。

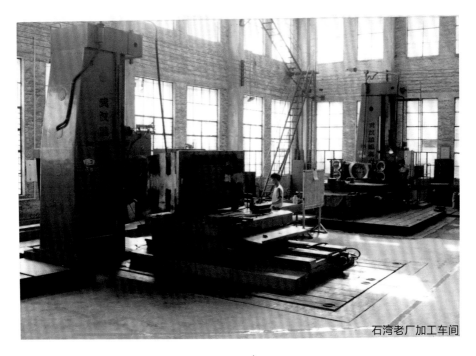

石湾老厂加工车间

十一、1994年12月，《陶城报》连续刊发陶机总厂系列报道

系列报道之一：不当"钢铁搬运公司"，发展高新技术产品。文章说，陶机总厂过去主要生产比较低档的陶机大路货，一年间6000多吨材料进厂，5000多吨产品出厂，全年产值也只有6000多万元。严国兴说，这样的陶机厂不如称之为"钢铁搬运公司"，技术含量低就等于卖钢材。他认为发展高技术产品才是现代陶机行业的方向，所以陶机总厂要坚定不移地在大型液压自动压砖机上下功夫做文章，逐步淘汰其他低技术产品。为此他特别提出了"追求卓越，创造第一"的企业精神和"造世界著名压机，树中国第一品牌"的奋斗目标。

系列报道之二：靠提高质量参与竞争。在当时全国陶机市场冷风劲吹的大气候下，陶机总厂为何能够营造出一个热气腾腾的小环境？严国兴不无自豪地告诉记者，"人家靠降价竞争，我们靠提质升档竞争"。为此严国兴还为陶机总

石湾老厂安装车间

厂制定了"产品求精、研发求新、服务求好、发展求稳"的经营宗旨和"提高顾客满意度、提供专家级服务"的服务观。凭借高技术、高质量的竞争优势，陶机总厂采用了高新技术的新产品包括600吨压砖机、第二代翻坯台、5吨球磨机、叠坯机等全面畅销，甚至连老产品14吨球磨机和更老的产品手动摩擦压砖机亦均告供不应求。

系列报道之三：搬出一个新面貌。文章说，人们慨叹佛山陶机总厂的巨大变化，却未必知道这新面貌是搬出来的。

用厂长严国兴的话来说，叫做"文明生产大搬迁"，又叫做"花钱买环境"。大搬迁把一分厂的设备逐步搬齐到"山上"，又把二分厂的设备逐步搬齐到"山下"，力求各类生产设备合理安排、划一管理。把"山下"的退火炉烟囱拆掉，改建为仓库，又把"山上"的冲天炉旧厂房改造为物料仓，先扩大库房面积，再实行物料分类进仓，"全厂都是仓库"的情形从此不复存在。把旧办公室拆除，在原址兴建一座32吨吊车的压砖机安装车间。彻底整合员工宿舍，扩建

1
2

1.石湾老厂车间
2.员工合影

了卡拉OK歌舞厅。拓宽厂内道路，美化厂内环境，厂容厂貌焕然一新。

　　严国兴认为这家老企业过去的症结可归为两个字：一个是"乱"，另一个是"疲"。"乱"是指厂区环境的脏乱差，"疲"是指员工精神状态的疲沓，近两年的大搬迁，把"乱"和"疲"都搬走了。

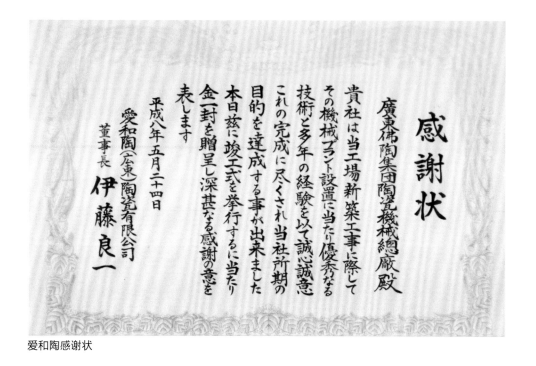

爱和陶感谢状

十二、1994年，实现利税总额超千万元，创历史新高

在严国兴厂长的大刀阔斧改革整顿下，佛陶集团陶机总厂面貌焕然一新，1994年实现利税总额超千万元，创工厂历史新高，生产经营再上新台阶。

十三、1995年3月，与爱和陶签订原料车间生产设备成套合同

佛陶集团陶机总厂与南海市藤荣陶瓷建材有限公司［后改名爱和陶（广东）陶瓷有限公司］签订原料车间生产设备成套合同，该项目为陶机总厂所签订的最大一宗合约，该公司为日本厂商在南海市的独资企业。

YP1000型压砖机

十四、1995年4月28日，开始实行劳动合同制

4月28日，佛陶集团陶机总厂开始实行全员劳动合同制，合同期从1995年1月1日开始，期限五年。

十五、1995年5月，企业经营上新台阶

5月，佛陶集团陶机总厂利税在全国轻机行业中排名第15位，企业被中国轻工总会授予"1994年中国轻机行业税利先进企业"称号。

6月，又荣获"中国百强轻工机械企业"称号。

十六、1995年9月，YP1000型液压自动压砖机一次试机成功

9月13日下午，首台1000吨级的液压自动压砖机在广东佛陶集团股份有限公司陶瓷机械总厂总装车间安装后，一次试机成功，10月率先在广州珠江陶瓷有限公司完成安装调试并投入使用。

高新技术企业认定证书

企业名称:广东佛陶集团股份有限公司陶瓷机械总厂

统一编号:3795062

广东省科学技术委员会

一九九五年十二月二十五日

十七、1995年12月,获高新技术企业认定

12月25日,佛陶集团陶机总厂被广东省科委认定为"高新技术企业"。

十八、1996年1月,罗明照获荣誉称号

佛陶集团陶机总厂副厂长罗明照被广东省经委授予"八五期间广东省企业技术进步突出贡献奖",5月被佛山市政府授予"佛山市优秀科技工作者"。

十九、1996年3月16日,YP1000型液压自动压砖机通过科技成果鉴定

3月16日,YP1000型液压自动压砖机通过了广东省科委组织的科技成果鉴定。认为这是国内首先通过鉴定的最大型陶瓷液压自动压砖机,具有使用可调性好、工作稳定可靠的特点。技术指标符合QB/T1765-93《液压自动压砖机》标准要求,达到国外同类产品90年代初先进水平。对我国实现压砖机的大型化、系列化、国产化和提高墙地砖产品质量,增加品种,降低成本,节约外汇等具有重要意义。

严国兴 同志：

荣获一九九五年度全省建材行业先进工作者。

证书号：022

广东省建设委员会
广东省人事厅

一九九五年 五月十四日

二十、1996年5月，严国兴获荣誉称号

佛陶集团陶机总厂厂长严国兴被广东省建设委员会、广东省人事厅授予"1995年度全省建材行业先进工作者"光荣称号。

二十一、1996年5月，佛陶集团陶机总厂多项指标居全国同行业第一

全国陶机第一强——广东佛陶集团股份有限公司陶瓷机械总厂，多项经济指标领先于全国陶机同行。1995年实现利润相当于河北唐山、江西景德镇、山东淄博、湖南醴陵、江苏宜兴、湖南轻机等六大陶机厂总和的2倍；人均创利高26倍；固定资产净值与产出比，高于另外六大陶机厂平均产出比1倍；佛陶集团陶机总厂厂长严国兴，当选中国轻工机械协会陶机专业委员会副主任。

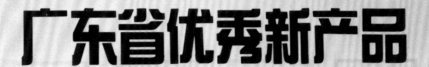

广东省优秀新产品

开发单位：广东佛陶集团股份有限公司陶瓷机械总厂

项目名称：YP1000型 液压自动压砖机

广东省经济委员会

粤经奖（1996）044号

一九九六年六月

二十二、1996年6月，YP1000型液压自动压砖机获奖

YP1000型液压自动压砖机被广东省科委评为"广东省重点新产品"，并被广东省经委评为"广东省优秀新产品"。

国 家 级 新 产 品

证 书

广东佛陶集团股份有限公司陶瓷机械总厂

你单位 YP1000型液压自动压砖机 被 评 为

一 九 九 六 年 度 国 家 级 新 产 品

有效期：三年

一 九 九 六 年 十 月

二十三、1996年7月，钳工技师陈樾获荣誉称号

佛陶集团陶机总厂二分厂工艺员、钳工技师陈樾荣获广东省劳动厅颁发的"广东省技术能手"称号。

二十四、1996年8月，YP系列液压自动压砖机列入国家创新项目

YP系列液压自动压砖机被国家经贸委列入国家技术创新（中试）项目。

二十五、1996年10月，YP1000型液压自动压砖机获荣誉

YP1000型液压自动压砖机被国家科委等五部委评为"国家级新产品"。

二十六、1996年12月，YP1000型液压自动压砖机获奖

YP1000型液压自动压砖机荣获中国轻工业科技进步三等奖。

二十七、1996年12月，YP600型液压自动压砖机获奖

YP600型液压自动压砖机荣获"国家科技进步三等奖"。 同期，被国家科委列入国家级火炬计划项目。

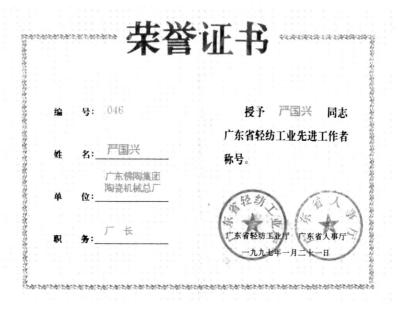

二十八、1997年1月，严国兴获荣誉称号

佛陶集团陶机总厂厂长严国兴被广东省轻纺工业厅、广东省人事厅授予"广东省轻纺工业先进工作者"光荣称号。

二十九、1997年初，完成企业CI形象策划

1997年初，开始CI工程的全面策划，确定品牌名称为"力泰"二字，"力"表现了压机主导产品，"泰"有安稳、安全、恒久的联想，"力泰"有力鼎泰山之意，品牌简称为"力泰陶机"，企业全称为"广东佛陶集团力泰陶瓷机械有限公司"。同时，展开了MI企业思想系统的创作，VI企业标识、标准字、标准色以及应用部分的设计，使"力泰陶机"从此有了个性化的企业形象。

三十、1997年4月，YP600型液压自动压砖机列入科技成果推广项目

YP600型液压自动压砖机被国家建材局列为"九五"国家建材工业科技成果推广项目。

佛先集证〔1997〕第〇〇1号

授予称号：佛山市先进集体
表彰年份：1995—1996年度
荣誉获得单位：新佛陶集团陶瓷机械总厂

中共佛山市委
佛山市人民政府
一九九七年五月

三十一、1997年5月，企业和严国兴获荣誉称号

佛陶集团陶机总厂荣获佛山市委、市政府颁发的"1995—1996年度佛山市先进集体"荣誉称号，严国兴厂长荣获"1995—1996年度佛山市劳动模范"光荣称号。

国家建材局局长张人为到公司检查工作

三十二、1997年5月11日，张人为莅临考察

时任国家建筑材料工业局局长张人为莅临佛陶集团陶机总厂检查指导工作，重点考察自动压砖机规模生产情况，陶机总厂厂长严国兴接待来访。

三十三、1997年6月，YP1000型液压自动压砖机获奖

YP1000型液压自动压砖机荣获"佛山市科技进步一等奖"。

奖　状

为表彰在促进科学技术进步工作中做出的贡献，特颁发此奖状，以资鼓励。

获奖项目：YP1000型液压压砖机……

完成单位：广东佛陶集团股份有限公司科达机械厂……

奖励等级：……等奖

佛山市人民政府

一九九　年　　月　　日

三十四、1997年7月，企业获荣誉

7月，佛陶集团陶机总厂荣获"中国轻机行业先进企业"称号。8月，被佛山市政府列入第一批重点扶持的高新技术企业。

三十五、1997年12月，冯瑞阳获荣誉称号

佛陶集团陶机总厂技术科副科长冯瑞阳工程师被佛山市政府授予"佛山市优秀科技工作者"光荣称号。

国家轻工总会副会长朱焘到访陶机总厂

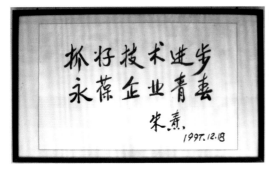

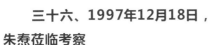

三十六、1997年12月18日，朱焘莅临考察

时任国家轻工总会副会长朱焘到访佛陶集团陶机总厂并题词"抓好技术进步，永葆企业青春"，陶机总厂厂长严国兴接待来访。

三十七、1998年2月，罗明照获政府特殊津贴

佛陶集团陶机总厂副厂长罗明照荣获国务院发放政府特殊津贴并颁发证书。

三十八、1998年3月，更名为广东佛陶集团力泰陶瓷机械有限公司

经规范登记注册，佛陶集团陶瓷机械总厂改制广东佛陶集团力泰陶瓷机械有限公司，3月23日，举行力泰陶机公司成立仪式，这是广东佛陶集团在推进企业重组中诞生的第七家有限责任公司。佛山市政协、市科委、市经委、市外经委、市计委、市技监局、佛陶集团

领导出席仪式。市政协副主席、市科委主任谭钦德，市经委主任陈广灵，佛陶集团党委书记、董事长郑培生，力泰陶机公司董事长、总经理、党总支书记严国兴一起为新公司揭牌。力泰陶机公司董事副总经理杨德计、罗明照，副总经理李宇光，党总支副书记兼监事会主席何细，工会主席姚广松等出席成立仪式。

为表彰在促进科学技术进步工作中做出重大贡献，特颁发此证书，以资鼓励。

证　书

获奖项目：YP1000型液压自动压砖机

获奖单位：广东佛陶集团股份有限公司陶瓷机械总厂

奖励等级：二　等

奖励日期：一九九八年

证书号：　机-2-004-01

广东省科学技术进步奖
评审委员会

三十九、1998年7月，YP1000型液压自动压砖机获奖

YP1000型液压自动压砖机荣获"广东省科技进步二等奖"。

四十、1998年7月，JF系列自动翻坯机获奖

JF系列自动翻坯机被广东省科委评为"广东省重点新产品"，并被广东省经委评为"广东省优秀新产品"。

四十一、1998年9月18日，YP 1680型液压自动压砖机通过国家级新产品鉴定

鉴定会由国家经济贸易委员会委托广东省经委组织召开。由华南理工大学、北京工业大学、广东工业大学的教授和行业专家组成的鉴定组认为：这是目前国内生产的最大型陶瓷粉料压力成型机，填补了国内空白，达到了国外同类自动压砖机90年代中期的先进水平，对于我国陶瓷墙地砖生产设备的国产化、现代化具有重要的意义。

YP1680型压砖机

四十二、1998年11月，JF系列自动翻坯机获荣誉

　　JF系列自动翻坯机被国家科委评为"国家重点新产品"。

四十三、1998年12月，通过ISO9001质量管理体系认证

　　12月11日，顺利通过广东省质量体系认证中心的审核，获GB/T19001—ISO9001标准质量体系认证，成为国家轻工业局属下陶瓷机械行业中首家获得认证的企业。质量体系认证覆盖了QMP系列球磨机和YP系列液压自动压砖机两大系列产品。

HLT 恒力泰
HENGLITAI

|恒|力|泰|建|厂|60|年|纪|实|

第三篇

专心专注

90年代中后期，恒力泰发展的一代功臣严国兴，关键装备关键人，以「追求卓越，创造第一」的企业精神，锐意改革、勇于创新、与时俱进，从百花齐放到专心专注，以专业的心做专业的事，坚守陶瓷生产线上关键装备——陶瓷压砖机的研发制造。上马港口路新厂，全力打造「压机超市」，立品质标杆，做精品压机，开创恒力泰发展新局面。

【第五章】

恒力泰公司成立
港口路新厂上马

一、1999年1月，YP1680型液压自动压砖机获奖

YP1680型液压自动压砖机荣获广东省轻纺工业厅颁发"广东省轻纺工业优秀新产品一等奖"。

二、1999年4月，YP600型液压自动压砖机列入重点火炬计划项目

YP600型液压自动压砖机被国家科技部列入国家重点火炬计划项目。

6月，YP系列液压自动压砖机荣获广东省科委颁发"广东省火炬计划优秀项目奖"。

三、1999年5月7日，佛山市恒力泰机械有限公司成立

由广东佛陶集团力泰陶瓷机械有限公司控股的佛山市恒力泰机械有限公司成立。

四、1999年6月28日，佛山市恒力泰机械有限公司港口路新厂房奠基

6月28日，在佛山高新技术产业区港口路西侧举行奠基仪式。佛山市政协副主席、市科委主任谭钦德，市国土局局长梁汝森，市建委副主任柳玉彬，佛山高新技术产业开发区管委会副主任林师，承建单位省六建公司董事长、总经理刘藻萌，广东佛陶集团董事长郑培生，恒力泰董事长、总经理严国兴，以及恒力泰董事和股东李宇光、罗明照、杨德计、梁汉柱、潘潮英、萧华等一起为基石培土。恒力泰的成立是国有企业与民营资本携手发展高新技术的有益探索，为双方紧密合作共同发展闯出全新的模式。

广东省优秀新产品

项目名称：YP1680型液压自动压砖机

开发单位：广东佛陶集团力泰陶瓷机械有限公司

获奖等级： 二 等 奖

1999 011

证 书

广东佛陶集团力泰陶瓷机械有限公司

你单位 YP1680型液压自动压砖机 经专家评审

被认定为一九九九年度国家级新产品

此 证

五、1999年7月，YP1680型液压自动压砖机获奖

YP1680型液压自动压砖机被广东省经贸委评为"广东省优秀新产品二等奖"。

六、1999年8月，YP1680型液压自动压砖机获评国家级新产品

YP1680型液压自动压砖机被国家经贸委评为"一九九九年度国家级新产品"。

七、1999年9月，系列商标注册

"L1"、"力泰"、"力王"、"泰力"四个商标通过国家工商行政管理局商标局注册。2001年4月注册"恒力泰"商标。

石湾老厂

八、1999年12月，"力泰经验"获佛陶集团领导高度评价

1999年12月31日《陶城报》跨世纪特刊在头版刊发专题报道：《力泰陶机龙骧虎步跨世纪——"力泰经验"获佛陶集团领导高度评价》。报道说，在这个世纪的最后一年里，力泰公司产值、销值首次突破亿元大关，销售总额比上年增长67%，利税总额增长55%，实现利润增长60%，产品销售率和资金回笼率均达100%，净资产利润率超过25%。主导产品YP系列压砖机全年销出近百台，占领了国产压砖机约50%的市场份额，成为陶机行业勇夺多项全国第一的排头兵。佛陶集团领导称力泰公司是佛陶集团的骄傲，为佛陶企业树立了一个榜样。

1.港口路工厂外景
2.港口路工厂车间
3.盛华仁莅临考察

| 1 | 2 |
| | 3 |

九、2000年1月21日,盛华仁莅临考察

时任国家经贸委主任盛华仁视察广东佛陶集团力泰陶瓷机械有限公司,公司副总经理罗明照接待来访。

十、2000年3月,广东佛陶集团力泰陶瓷机械有限公司获认定重点高企

广东佛陶集团力泰陶瓷机械有限公司被国家科技部认定为2000年首批国家火炬计划重点高新技术企业。

3月23日,YP1280型液压自动压砖机通过广东省经贸委组织的鉴定验收。

十一、2000年3月,佛山市恒力泰机械有限公司港口路厂区开始试产

6月8日,恒力泰公司举行大型压砖机全面投产仪式,安装有125吨吊车的大型压砖机车间正式投产,为此后上马大吨位压砖机项目奠定坚实基础。

7月,大型压砖机项目被国家经贸委纳入国家重大技术装备国产化创新研制项目。

YP3280型压砖机

十二、2000年6月，YP1680型液压自动压砖机获奖

YP1680型液压自动压砖机荣获"佛山市科技进步一等奖"。

十三、2000年9月，YP4280型液压自动压砖机列入国家创新项目

YP4280型液压自动压砖机被国家科技部列入科技型中小企业技术创新项目。

十四、2000年11月，YP1280型液压自动压砖机获奖

YP1280型液压自动压砖机被广东省经贸委评为"广东省优秀新产品三等奖"。

十五、2000年12月23日，两型号压砖机通过鉴定

YP2080型、YP3280型液压自动压砖机通过国家经贸委组织的新产品鉴定。

荣誉证书

大型YP液压自动压砖机研制 被评为"九五"
国家重点科技攻关计划（重大技术装备）
优秀科技成果。

主要完成单位：广东佛陶集团力泰陶瓷机械有限公司

二〇〇一年二月

YP4280型压砖机

十六、2001年2月，大型YP液压自动压砖机研制项目入选优秀科技成果

大型YP液压自动压砖机研制项目被国家科技部等四部委评为"九五"国家重点科技攻关计划（重大技术装备）优秀科技成果。

十七、2001年2月，推出中国最大型的梁柱结构自动压砖机

力泰公司研制成功并推出最新产品YP4280型液压自动压砖机。这是国内制造的压制力最大的梁柱结构大型压砖机，各项技术指标达到了国际先进水平。改写我国建陶业4000吨级以上大压机全部依赖进口的历史，成为公司拳头产品。

8月15日，YP4280型液压自动压砖机通过广东省科技厅的科技成果鉴定。

第一条瓷砖抛光生产线

十八、2001年3月，推出力泰抛光机

力泰公司研制的第一条瓷砖抛光生产线在佛山南海市南庄镇的圣罗兰装饰瓷砖有限公司投入使用，可加工650mm×650mm的瓷质抛光砖。抛光设备包括粗刮、细刮、粗磨、细磨、磨边、倒角、吹干等部分，运行顺畅平稳。

十九、2001年3月，力泰公司获荣誉

力泰公司被国家科技部授予"全国CAD应用工程示范企业"称号，并于5月22日举行"揭匾仪式"。

二十、2001年4月，YP1680型液压自动压砖机获奖

YP1680型液压自动压砖机荣获广东省科技进步三等奖。

二十一、2001年6月，力泰陶机公司改名

6月，广东佛陶集团力泰陶瓷机械有限公司更名为广东佛陶集团力泰机械有限公司。

力泰机械
LITAI MACHINERY

广东省重点新产品
证 书

项目名称：YP1280型液压自动压砖机
承担单位：广东佛陶集团力泰陶瓷机械有限公司
有效期：两年
项目编号：2001GD1.D780031

国 家 重 点 新 产 品
证 书

项目名称：YP1280型液压自动压砖机　　　项目编号：2001ED780031
承担单位：广东佛陶集团力泰陶瓷机械有限公司　发证时间：2001年12月
　　　　　　　　　　　　　　　　　　　　　有效期：三年
批准机关：

二十二、2001年6月，两型号压砖机列入重点新产品试产计划

YP2080型、YP3280型液压自动压砖机被广东省经贸委列入广东省重点新产品试产计划。

二十三、2001年7月，力泰陶机工程技术研究开发中心成立

7月5日经佛山市科委等三部门批复，依托力泰公司的"佛山市力泰陶瓷机械工程技术研究开发中心"宣告成立。

二十四、2001年7月，YP1280型液压自动压砖机获荣誉

YP1280型液压自动压砖机被广东省科技厅评为"广东省重点新产品"。12月，被国家科技部等五部委评为"国家重点新产品"。

二十五、2001年10月，YP3280型液压自动压砖机获奖

YP3280型液压自动压砖机荣获广东省经贸委颁发"广东省优秀新产品二等奖。"

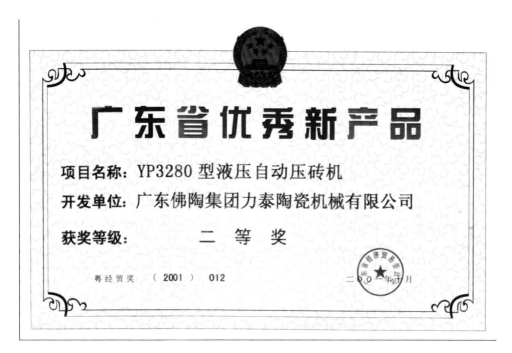

广东省优秀新产品

项目名称：YP3280型液压自动压砖机

开发单位：广东佛陶集团力泰陶瓷机械有限公司

获奖等级： 二 等 奖

粤经贸奖 （2001） 012 二〇〇一年十月

二十六、2001年10月，冯瑞阳获荣誉称号

力泰公司技术开发中心主任冯瑞阳被广东省妇联、广东省科技厅、广东省科协等部门授予"广东省巾帼科技创新带头人、广东省三八红旗手"荣誉称号。

二十七、2001年11月，大型球磨机停产

从国产第一台FQM2850×4000（8吨）大型皮带球磨机在石湾陶瓷机械厂诞生，到停止生产，历时达19年，总共生产系列球磨机1167台。

FQM2850×4000球磨机（8吨）

二十八、2001年，定为"管理年"

2001年，力泰公司首次定为"管理年"，重点抓三流（资金流、物流、信息流）。同年，压机竞争白热化，公司利润连续9年破纪录的发展态势开始回落。

二十九、2002年1月，力泰机械公司通过计量保证体系认证

广东佛陶集团力泰机械有限公司通过广东省二级计量保证体系认证。

三十、2002年3月，LT系列半挂车车轴在力泰公司投产

通过东风汽车工程研究院权威鉴定以及国家质量监督机构认证。

证　书

冯　瑞　阳　同　志：

　　为　了　表　彰　您　为　发　展　我　国

工　程　技　术　事　业　做　出　的　突

出　贡　献，　特　决　定　发　给　政　府　特

殊　津　贴　并　颁　发　证　书。

政府特殊津贴第 2001944027 号　　　　　二〇〇二年六月六日

三十一、2002年4月，股权变更

4月1日，恒力泰公司召开董事会，三位自然人股东退股，由佛山市工业投资管理公司、佛山市禅本德公司各出资1000万元投资参股恒力泰。

三十二、2002年6月，冯瑞阳获政府特殊津贴

力泰公司技术开发中心主任冯瑞阳荣获国务院发放政府特殊津贴并颁发证书。成为公司继罗明照之后第二位获此殊荣的科技专家。

奖　状

证书号：佛科奖字【2001】004 号

项目名称：
YP4280型液压自动压砖机

完成单位：
广东佛陶集团力泰机械有限公司

奖励等级：壹等奖

佛山市人民政府
二〇〇二年六月三日

为表彰在促进科学技术进步工作中做出的贡献，特颁发此奖状，以资鼓励。

三十三、2002年6月，YP4280型液压自动压砖机获奖

YP4280型液压自动压砖机荣获"佛山市科学技术一等奖"。7月，被广东省科技厅评为"广东省重点新产品"，同时被国家科技部等四部委评为"国家重点新产品"。

三十四、2002年6月，与清华大学、佛山科技学院签订合作项目

6月26日，广东佛陶集团力泰机械有限公司与清华大学、佛山科技学院合作项目签约仪式在佛山金城大酒店举行。国家经贸委许明堂副司长，国家科技部火炬中心赵传超处长，广东省经贸委、省科技厅相关部门领导以及佛山市有关部门领导、各界朋友共四百余人出席签约仪式。

三十五、2002年6月，《陶城报》刊发关于力泰的言论

6月28日，《陶城报》在头版刊发孟涵文章：

提起国有企业，人们常有"无可奈何"的叹惜，殊不知国企也有"映日荷花别样红"的风光。广东佛陶集团力泰机械有限公司，就是成功国企的一例。

力泰公司"不唯上、不唯书、要唯实"，关键时刻敢向上级据理力争。1997年上级领导指令陶机厂兼并几个小厂，严国

兴力数一些企业的教训，顶住了"拉郎配"。

1999年，力泰又提出成立股份制的恒力泰公司，建大厂房造大压机，又遇到很大阻力。严国兴没有退缩，一次又一次地慷慨陈词，终于争取了发展的机会。

后来的实践证明：力泰这两步棋都走对了。

三十六、2002年12月，初步形成国内最大的"压机超市"

　　力泰公司当年完成主要经济指标，同比2001年平均增长51％，创历史最高水平。YP系列压砖机达到14个规格，包括YP600、YP600A、YP1000、YP1280、YP1300、YP1680、YP1800、YP2080、YP2080（宽体）、YP3280、YP3800、YP4280、YP5000、YP5600，初步形成国内最大的"压机超市"。

恒力泰压机车间扩建工程奠基

三十七、2003年3月，彭沪新获荣誉称号

广东佛陶集团力泰机械有限公司技术开发中心高级工程师彭沪新荣获"中国硅酸盐学会第五届青年科技奖"荣誉称号。

三十八、2003年3月，恒力泰压机车间扩建工程动工

3月31日，恒力泰压机车间扩建工程动工打桩，标志着公司技改工程项目拉开序幕。同年10月，扩建工程竣工。

三十九、2003年5月，YP4280型液压自动压砖机获奖

荣获"广东省科学技术三等奖"，7月30日，YP4280型压砖机国家科技型中小企业创新基金项目通过验收。

四十、2003年9月，连获多个项目奖

力泰公司被国家科技部评为火炬计划优秀高新技术企业，YP系列液压自动压砖机荣获"国家优秀火炬计划项目奖"。同时，国家重点火炬计划项目（大型压机）通过验收。

四十一、2003年9月，起草国家建材行业标准发布

力泰公司作为主要起草单位，负责起草的国家建材行业标准《陶瓷砖自动液压机》JC/T910-2003正式发布。

四十二、2003年9月，YP5000型液压自动压砖机通过广东省经贸委组织的新产品鉴定

力泰公司开发的新一代钢丝缠绕结构的YP5000型液压自动压砖机，9月25日通过广东省经贸委组织的新产品鉴定。鉴定委员会由清华大学、北京工业大学、华南理工大学、广东工业大学、景德镇陶瓷学院等单位的教授和行业专家组成。经鉴定认为：YP5000型液压自动压砖机是机电液一体化的高科技产品，是新一代大型压砖机的典范之作。时任国家经贸委技术与装备司副司长许明堂、中国陶瓷工业协会理事长杨自鹏以及佛山市委常委、禅城区委书记刘耿文等领导参加了鉴定会。

四十三、2003年11月，首款钢丝缠绕结构YP5000型液压自动压砖机亮相广州陶瓷工业展

11月4—7日在广州琶洲会展中心举行的第十七届中国国际陶瓷工业展览会，是陶瓷工业展历史上首次在琶洲举行，力泰公司第一次以压机实物参展，展示了YP5000型液压自动压砖机，该装备既是力泰公司首款钢丝缠绕结构压砖机，也是公司当时最大吨位陶瓷压砖机，备受国内外业界高度关注。

YP1300型压砖机

四十四、2003年12月，严国兴获荣誉称号

广东佛陶集团力泰机械有限公司董事长、总经理严国兴被佛山市政府授予"佛山市先进劳动者"荣誉称号。

四十五、2003年12月，拉开YP系列压砖机出口的序幕

首台YP1300型液压自动压砖机出口印度，时至当下，出口业务已常态化，海外市场成为公司重要增长点。

省政协到力泰公司调研

四十六、2004年3月，首开国产压砖机批量出口先河

2月底至3月初，包括YP1000、YP2080、YP4280等多种型号压砖机陆续出口印度市场，开创了国产陶瓷压砖机大批量出口的先河。

四十七、2004年4月，广东省政协到力泰公司作科技创新专题调研

4月19日，广东省政协专题调研组一行13人莅临力泰公司作专题调研，公司总经理严国兴向调研组汇报了实施科技创新、推进科技兴企的历程与举措。调研组对力泰公司及技术开发中心实施科技创新所取得的丰硕成果给予充分的肯定。

四十八、2004年5月，被认定为高新技术企业

力泰公司通过广东省科技厅考核，被认定为"广东省高新技术企业"。

7月19日，在佛山市科学馆举行"2004年度佛山市新认定高新技术企业、民营科技企业授牌仪式"，颁发广东省高新技术企业证书。

YP5000型压砖机

YP5600型压砖机

四十九、2004年6月，举办"专业技术、专业成果"发布会

6月18日，在佛山金城大酒店举行力泰"专业技术、专业成果"发布会，回顾力泰压砖机15年的发展历程：从"零的突破"到"压机超市"，从"市场空白"到"总量第一"；实现"连续9年全国销量第一"的辉煌，又从享誉全国发展到赢得海外青睐。与会专家认为YP5000、YP5600型压砖机应用的专业技术专业成果标志着国产大吨位压砖机已达到一个崭新的高度，处于国内领先地位并达到国外现代压砖机的先进水平，完全可以替代国外同类产品。

力泰公司YP5600型数字缠绕压机批量投放市场

五十、2004年6月，YP5600型液压自动压砖机亮相广州陶瓷工业展

继2003年后，力泰公司钢丝缠绕结构压砖机再次取得重大进展，数字缠绕式YP5600型液压自动压砖机研制成功并实现批量投放市场。2004年6月15—18日，在广州琶洲会展中心举行的第十八届中国国际陶瓷工业展览会上，力泰公司再次以实物压机参展，展示了最新技术研发成功的YP5600型缠绕压砖机。

五十一、2004年7月，企业获荣誉

力泰公司被中国机械工业企业管理协会评为"中国机械500强、建材机械10强"。

国 家 重 点 新 产 品
证 书

项目名称：YP5000型液压自动压砖机　　项目编号：2004ED780026

承担单位：广东佛陶集团力泰机械有限公司　　发证时间：2004年7月

批准机关：　　　　　　　　　　　　　　　　有 效 期：三年

广 东 省 重 点 新 产 品
证 书

项目名称：YP5000型液压自动压砖机

承担单位：广东佛陶集团力泰机械有限公司

有 效 期：两年

项目编号：2004ED780026

五十二、2004年7月，YP5000型液压自动压砖机获荣誉

YP5000型液压自动压砖机被广东省科技厅评为"广东省重点新产品"，同时被国家科技部等四部委评为"国家重点新产品"。

五十三、2004年10月25日，首次取得对外贸易经营资格

力泰公司首次取得对外贸易经营资格，为公司今后自营出口和YP系列压砖机迅速拓展海外市场奠定基础。

五十四、2004年12月3日，三款压砖机一起通过鉴定

YP5600型、YP1800型、YP1300型三款压砖机分别通过由广东省科技厅、佛山市科技局组织的科技成果鉴定。与会专家对三款压砖机给予高度评价，认为这三款压砖机具有高效节能的特点，技术性能达到国际先进水平。

YP1800型压砖机

中国建筑材料工业协会
中国硅酸盐学会　建筑材料科学技术奖

证　书

项目名称：大规格陶瓷砖生产关键设备与
工艺技术的开发应用

奖励等级：一等（科技进步类）

获奖单位：广东佛陶集团力泰机械有限公司

二〇〇四年十二月

证书号：2004-J-1-03-D02

为表彰在全国建筑材料行业科学研究、技术创新、成果推广、高新技术产业化中做出的突出贡献，特发此证，以资鼓励。

五十五、2004年12月，获科技进步一等奖

力泰公司与科达机电联合申报的《大规格陶瓷砖生产关键设备与工艺技术的开发应用》项目，荣获中国建筑材料科学技术一等奖。

五十六、2004年12月，175吨大吊车上马

12月27日，175吨大吊车在新建的恒力泰压机总装车间通过验收，这是公司迎接2005年新一轮发展所采取的重大举措之一。175吨吊车为当时佛山市内最大的吊车，在广东省内也为数不多。大吊车的成功上马，为大吨位压砖机的研制安装和批量生产提供了有利条件。

五十七、2004年12月，半挂车车轴取得大发展

2004年，LT系列半挂车车轴业务取得大发展，日产量从年初的30条，发展到年末的日产100条，生产能力大幅提高，全年产量达到16000条，成为力泰公司第二大产品。

【第六章】

"压机超市" 现雏形
力泰公司转制

一、2005年3月，力泰压砖机首季出口订单全线飘红

继2004年开创国产压砖机批量出口先河后，力泰公司积极实施"走出去"战略，使海外市场成为公司业务的重要增长点。2005年首季度压砖机出口订单全线飘红，产品累计销往印度、孟加拉、缅甸、越南、印尼等国家和中国台湾地区，订单涵盖YP600—YP5600型共7种规格，其中YP5600型压砖机为当时国内出口的最大吨位压机。

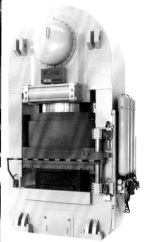

YP7200型压砖机

二、2005年3月18日，召开三届一次职代会

在力泰公司三届一次职代会上，公司总经理罗明照指出，2005年是力泰公司实施二次创业的第二年，是极其关键的一年，也是迎接更大考验的一年。公司要继承严国兴同志的遗志和雷厉风行的工作作风，团结一致，努力奋斗，面向市场，走向世界，实现持续、协调的发展。

三、2005年4月，特大型YP7200型液压自动压砖机试制成功

超大吨位系列的YP7200型液压自动压砖机，在力泰公司试制成功并投放市场。首台力泰超大压砖机在第十九届中国国际陶瓷工业展览会作实物运行展示后，随即交付用户投入使用。力泰公司总经理罗明照、副总经理杨德计在接受行业传媒联袂专访时指出，从YP5600型发展到YP7200型决不是简单的参数放大，而是技术上的又一次重大突破，力泰一切从客户的实际需求出发，只想造最贴合市场需求的压砖机，这正是我们要搞"压机超市"的初衷，也是力泰压砖机长期走俏国内外市场的根本原因。

四、2005年5月，YP7200型液压自动压砖机亮相广州陶瓷工业展

5月10日，装车运往广州，参加15—18日在广州琶洲会展中心举行的第十九届中国国际陶瓷工业展览会。YP7200型压砖机是该届展览会上唯一以实物参展的陶瓷压砖机，备受国内外业界关注，达到很好的宣传效应，也吸引了来自亚洲、非洲、欧洲等10多个国家的外商前往参观。展会结束后，YP7200型压砖机随即被运到南海汇亚陶瓷有限公司投入使用。

五、2005年6月，发布YP7200型压砖机主要技术创新成果

YP7200型压砖机是机、电、液一体化和现代陶瓷工艺相结合的高新技术设备，具有技术先进、性能优良、生产效率高、制造精良、工作可靠、外形美观等许多优点，是拥有完全自主知识产权和技术特点的新一代国产大吨位精品压机，标志着国产大吨位压砖机又达到一个崭新的高度，进一步增强国产大吨位压机的国际竞争力。该机在主要技术参数、技术性能、主机结构、液压系统、电控系统、顶出装置、布料装置和整机制造质量和技术

YP5600型压砖机出口整装待发

水平、外观设计和质量，均已达到国外现代压砖机的先进水平，处于国内领先地位。

六、2005年6月21日，出口创纪录

6月21日，包括YP5600型压砖机在内的6台压砖机同时装车启运广州黄埔港，分别出口越南、印度，创下当时国产压砖机单次出口数量最多、出口压机吨位最大的两项纪录。

七、2005年8月，PDM上线试运行

力泰公司协同工作平台（PDM）开始上线试运行，为企业信息化运行发挥了重要作用。

中国建材机械制造20强

主办单位

中国建材机械工业协会
中国建材报社机械与装备编辑部

协办单位

中国水泥协会
中国砖瓦工业协会
中国加气混凝土协会
中国建筑卫生陶瓷协会

中国·北京

荣誉证书

授予:广东佛陶集团力泰机械有限公司

2005中国建材机械制造20强

二〇〇五年八月

八、2005年8月,力泰公司获荣誉

广东佛陶集团力泰机械有限公司被中国建材机械工业协会评为2005中国建材机械制造20强企业。

九、2005年11月,永力泰公司第一次股东会召开

11月8日新成立的佛山市永力泰车轴有限公司在力泰公司召开第一次股东会,会议通过了组建永力泰公司的出资协议和公司章程。

永力泰车轴有限公司成立

十、2005年12月1日，佛山市永力泰车轴有限公司成立

承载着力泰机械二次创业的美好理想，佛山市永力泰车轴有限公司12月1日正式宣告成立。成立庆典仪式在石湾镇中二路厂区举行，广东佛陶集团总经理吴应真和广东佛陶集团力泰机械有限公司总经理罗明照为新公司揭牌。佛陶集团副总经理袁显刚、陈雄飞，党委副书记黄燕玲和佛山市永力泰车轴有限公司总经理陈晨达等出席庆典仪式。

编号：05G-001

证 书

广东佛陶集团力泰机械有限公司：

特授予你公司力泰牌YP系列液压自动压砖机产品为

中国陶瓷行业名牌产品

有效期：2005年12月至2008年12月

十一、2005年12月，产品与企业同获奖

YP系列液压自动压砖机被中国陶瓷工业协会授予"中国陶瓷行业名牌产品"称号。

12月荣获"佛山市建筑卫生陶瓷机械装备制造三强企业"称号。

港口路工厂外景

十二、2006年1月，收到集团公司贺信

1月20日，力泰公司收到广东佛陶集团公司贺信，祝贺2005年力泰公司压机销售再创新高，车轴稳健发展，压机市场占有率连续11年居国内最高，主营业务销售突破3亿大关，创历史最高水平。

十三、2006年1月，力泰机械实现开门红

2006年新年伊始，广东佛陶集团力泰机械有限公司就呈现着一片蓬蓬勃勃、红红火火的大好形势，拳头产品YP系列液压自动压砖机风靡市场产销两旺，前来洽购压砖机的客户络绎不绝，因此公司销售部门元旦假期也未休息，新年第一天就签下多台压砖机订单。一年前力泰原来的掌舵人严国兴不幸病逝，不少人担心力泰这面红旗还能举多久，力泰会不会走下坡路甚至垮掉？然而这一年来的事实已经表明，力泰公司在新班子的集体领导下有条不紊稳步前进，广大员工同心同德群策群力为企业争气争光，力泰精神得到发扬光大，经营业绩也更上一层楼。这一切都表明力泰的精神、力泰的品牌、力泰的管理、力泰的产品，还有力泰的企业文化和企业素质都是过硬的，经得起任何考验。

荣誉证书

授予广东佛陶集团力泰机械有限公司

生产的力泰牌YP系列液压自动压砖机产品

为中国建材机械行业名牌。

编号：06-02-002-01

中国建材机械工业协会

二〇〇六年三月

十四、2006年3月，YP系列液压自动压砖机获荣誉称号

YP系列液压自动压砖机被中国建材机械工业协会授予"中国建材机械行业名牌"称号。

十五、2006年3月2日，转制工作小组成立

3月2日，随着转制工作小组的成立，广东佛陶集团力泰机械有限公司转制工作正式启动。

十六、2006年4月24日，转制安置方案公示

根据转制工作的要求，经过多次修改的《广东佛陶集团力泰机械有限公司员工安置方案》，在公司职工代表大会召开前进行公示。

十七、2006年4月，职代会表决一致通过转制安置方案

4月26日，力泰公司召开三届二次职工代表大会，经表决一致通过《广东佛陶集团力泰机械有限公司员工安置方案》，并拟定2006年4月30日为补偿基准日。

十八、2006年5月13日，召开公司转制后第一次股东会议

转制后第一次股东会议修改通过新的《公司章程》，由"广东佛陶集团力泰机械有限公司"转制为"佛山市恒力泰机械有限公司"进行经营。

十九、2006年5月26日，恒力泰公司完成工商变更登记

佛山市公盈投资控股有限公司和佛山市禅本德发展有限公司共占恒力泰公司62.5%的股权退出，转让给经营团队。恒力泰公司新的投资人为经营团队和广东佛陶集团力泰机械有限公司，各占投资比例的62.5%和37.5%。

二十、2006年5月，企业获荣誉

广东佛陶集团力泰机械有限公司荣获"2005—2006年度建筑材料工业机械全国标准化先进单位"。

罗明照董事长同时荣获"2005年度全国建筑材料工业机械标准化工作领军人物先进个人"称号。

二十一、2006年5月，认定为高新技术企业

佛山市恒力泰机械公司被广东省科技厅认定为"广东省高新技术企业"。

二十二、2006年8月，获多个荣誉称号

8月，中国建材机械工业协会授予恒力泰公司"中国陶瓷机械龙头企业"称号。

9月，YP系列液压自动压砖机被广东省质量技术监督局评为"广东省名牌产品"。

恒力泰、永力泰落户三水工业区签约仪式

二十三、2006年9月，首次进入埃及市场

2006年恒力泰压砖机出口业务继续增长，前三季度出口量已超过2005年全年水平，9月21日，5台压砖机同时装车运往深圳赤湾港，出口埃及。这是国产压砖机首次进入埃及市场。

二十四、2006年10月，通过ISO质量管理体系认证

佛山市恒力泰机械有限公司通过瑞士SGS公司ISO9001：2000质量管理体系认证。

二十五、2006年11月，三水购地

恒力泰公司和永力泰公司，在佛山市三水中心科技工业区共购买土地200亩，用于兴建三水新厂区。11月27日在三水中心科技工业园管委会举行落户签约仪式。

YP7200型压砖机

YP1500型压砖机

二十六、2006年11月，最后一台600吨压砖机出厂

11月30日，行业内唯一荣获国家科技进步奖、填补了国内空白、打破国外品牌压砖机垄断地位的YP600型液压自动压砖机，最后一台（编号0601#）出口埃及市场。从1988年12月第一台投放市场开始，到2006年停止生产，历时达18年，总共生产YP600型液压自动压砖机113台。600吨压砖机见证了恒力泰"压机超市"的发展壮大，承载了恒力泰一代人的难忘记忆与光辉梦想。

二十七、2006年12月，两项成果通过鉴定

12月21日，恒力泰公司"超大规格陶瓷砖成型技术的研究与应用——YP7200型液压自动压砖机"和"陶瓷砖新型成型装备技术的研究与应用——YP1500型液压自动压砖机"两项科技成果，分别通过广东省科技厅和佛山市科技局组织的科技成果鉴定，认为研究成果和项目产品处于"国内领先、国际先进"水平。

YP7200型、YP1500型压砖机科技成果鉴定

二十八、2006年，企业转制第一年，生产经营再创新高

2006年，面对市场持续热销的大好形势，恒力泰坚持围绕"保质提产"这个中心任务开展工作，压砖机产量大幅度提高，继续保持国内领先地位，并再次刷新多项纪录，工业总产值与销售总额同比分别增长53%和34%，同时利税总额也实现较大幅度增长，在公司发展史上续写辉煌的一页。

HLT 恒力泰
HENGLITAI

| 恒 | 力 | 泰 | 建 | 厂 | 60 | 年 | 纪 | 实 |

第四篇

继往开来

承上启下、继往开来。企业转制，资产重组，改革发展新尝试，老企业焕发新活力。兴建三水新工厂，布局全球大市场。固守主业，滴水穿石，精品压机层出不穷，大小吨位齐头并进，改写世界市场新格局。迁离石湾，扎根乐平，开启公司史上规模最大、影响深远的战略性大转移。大搬迁、大调整。

【第七章】

兴建三水新工厂
布局全球大市场

一、2007年1月，ERP系统项目启动

经过多年持续发展，企业规模不断发展壮大。为建立更高效、科学的管理流程，恒力泰和永力泰公司决定共同上线ERP项目，由静态管理过渡到动态管理。1月24日，恒力泰公司和永力泰公司联合举行ERP项目启动大会，公司领导和各部门相关人员以及ERP项目软件公司代表出席了启动大会。

二、2007年5月，寻找恒力泰制造最早的国产自动压砖机

一台压机到底可以用多久？国产压砖机的使用寿命到底有多少年？人们只知道上世纪80年代引进的一些洋压机已陆续退役，

至于"中国造"的自动压砖机能用多久，则谁也说不清，因为尚难找到事实的依据。有鉴于此，《陶城报》记者动起了寻找最早国产压砖机的念头，随即由《陶城报》副总编辑许学锋、首席摄影师潘炳森、办公室主任霍铭炎等组成专题采访组，走上了费尽周折、历尽艰辛的寻找之路。5月8日，记者在石湾镇大江路上的兴龙陶瓷有限公司，N年前这里曾是石湾建陶厂的第五车间，发现产品编号001的第一台YP600型压砖机，仍在车间正常使用，压制3块200mm×200mm规格的瓷质砖坯。其后，2007年5月25日的《陶城报》，用整版篇幅刊登了此行的调查报告：《中国第一台自动压砖机：18年还在用！》

第一台YP600型压砖机

YP600型液压自动压砖机

公称力	6000KN	工作循环次数	12~18min⁻¹
动梁下面至工作台最小高度	370mm	整机重量	19000 Kg
出厂编号		制造日期	

佛山市陶瓷工贸集团公司陶瓷机械制造总厂

第一台YP600型压砖机铭牌

三、恒力泰压砖机群聚现象引起关注

"群聚"亦称"集群"，在植物学上属于"群落"形成的早期阶段。经济学上也常使用"集群"一词，如"企业集群"、"产业集群"。2007年，恒力泰压砖机也开始出现群聚现象，在若干产区形成了集群，过去客户订压砖机，是一台两台、三台五台；现在客户订压砖机，却是十台八台、十几台甚至几十台。在一些新兴建陶产区，恒力泰压砖机已形成一个集群，所用的压砖机甚至有95%都是恒力泰的。用户对恒力泰压砖机的表现颇表满意，这就是一种口碑，正是这个事实和这种口碑为周围与附近的其他厂家提供了一种示范作用，或许这就是群聚现象形成的根本原因，并随之产生了某种群聚效应。

四、2007年5月，举办成立50周年客户联谊会

5月29日在佛山宾馆万豪殿举行2007"持久发展，合作共赢"客户联谊会，出席会议的有行业的领导、专家，上级各部门领导，以及来自全国各地和海外客商五百多人和八十多家协作单位的负责人。

YP4000型压砖机使用现场

五、2007年9月，签订史上最大订单

9月8日，与广东新明珠陶瓷集团有限公司签定36台YP4000型压砖机，该合同创新签压砖机台数、单机型、合同总额三项纪录。

三水新工厂奠基仪式

六、2007年9月，三水新工厂奠基

9月26日，恒力泰、永力泰三水新工厂奠基典礼，在三水乐平中心工业园举行。三水区、三水中心工业园区管委会、乐平镇、佛陶集团等各有关方面的领导嘉宾一百多人出席了奠基典礼。

新产品推介会

七、2007年11月，力泰压砖机国内外市场全线飘红

恒力泰压砖机连续多年产销两旺，2007年国内外市场备受青睐全面飘红。在国内，YP4000、YP1500型等新产品尤其销售喜人。YP4000型专为生产600mm×600mm和800mm×800mm抛光砖的建陶企业所设计，适合微粉、渗花、聚晶等各类新潮抛光砖和高档仿古砖的砖坯压制。而YP1500型则专为釉面砖生产企业所研发，工作台面宽达1700mm，两款新产品均具有稳定可靠、节能高效、产量高、能耗少、成本低等优势，自投入市场以来好评如潮。

在国际市场上，已获得CE认证的恒力泰压砖机无论小吨位还是大吨位，都受到国外客商的普遍青睐，出口地域也越走越远，在印度市场、越南市场、东南亚市场、非洲市场均有不俗的表现，外销市场已遍及十多个国家和地区。

编号：Q001

证　书

佛山市恒力泰机械有限公司：

特授予你公司为2007年度

中国陶瓷行业杰出企业

中 国 陶 瓷 工 业 协 会
二〇〇七年十一月二十三日

八、2007年11月，再获两项荣誉

恒力泰公司被中国陶瓷工业协会授予"2007年度中国陶瓷行业杰出企业"称号，罗明照董事长同时被评为"中国陶瓷行业杰出企业家"。

九、2008年1月，ERP正式上线运行

经过历时一年的筹备、试运行工作，恒力泰ERP项目于2008年1月1日正式上线运行。

十、2008年1月21日，YP4000型压砖机通过科技成果鉴定

恒力泰公司"梁体结构优化缠绕压砖机的研究开发——YP4000型液压自动压砖机"项目，通过由佛山市科技局组织并主持的科技成果鉴定。YP4000型压砖机的最大特点，是集恒力泰多年专业设计、制造自动压砖机的最成熟技术和最新技术之大成。该机的主机框架采用了梁体优化的预应力缠绕结构，并成功实现了将大压机的高吨位精确压制与小压机的灵活调控参数相结合，同时具有大吨位和高速度的优

YP4000型压砖机

势，可满足客户对高质量及高产量的要求。该机迅速成为恒力泰新一代"机王"产品。

十二、2008年5月，为汶川地震灾区捐款

四川汶川发生大地震，恒力泰公司迅速行动起来，公司向地震灾区捐款30万元。党员以交特殊党费的形式，员工先后两次捐款。此外，公司还积极参与佛山市陶协组织的"向灾区捐建希望小学的活动"。

十三、2008年5月，回购佛陶力泰股权

原属佛陶的力泰公司股权被法院拍卖，由顺德的一家公司购得，公司与之达成协议，回购力泰的45%股权，此举有利于恒力泰以后的发展。

十一、2008年1月21日，入列"中国陶业脊梁"

行业权威媒体《陶城报》展开"寻找中国陶业脊梁"活动，恒力泰企业和恒力泰压机双双入列。2008年1月21日，《陶城报》在"寻找中国陶业脊梁"特刊大篇幅刊发专题：《恒力泰压机：中国陶机行业一座岿然屹立的山峰》。

十四、2008年6月，恒力泰压砖机风靡建陶新产区引关注

在建陶企业异地转移、扩张的大潮中，佛山市恒力泰机械有限公司生产的YP系列液压自动压砖机备受各大新兴建陶产区的青睐与追捧。公司于6月25日和7月2日先后在江西高安和辽宁法库举办的客户联谊会和技术讲座均备受当地客户欢迎。

佛山市科学技术奖励

证 书

为表彰佛山市科学技术奖获得者，
特颁发此证书

证书号：佛科奖字[2007]027号

项目名称：
超大规格陶瓷砖成型技术的研究与
应用——YP7200型液压自动压砖机
完成单位：
佛山市恒力泰机械有限公司

奖励等级： 贰等奖

佛山市人民政府
二○○八年六月

佛山市科学技术奖励

证 书

为表彰佛山市科学技术奖获得者，
特颁发此证书

证书号：佛科奖字[2007]089号

项目名称：
陶瓷砖成型设备节能技术的研究与
应用——YP1500型液压自动压砖机
完成单位：
佛山市恒力泰机械有限公司

奖励等级： 叁等奖

佛山市人民政府
二○○八年六月

十五、2008年6月，连获两个科学技术奖

恒力泰"超大规格陶瓷砖成型技术的研究与应用——YP7200型液压自动压砖机"和"陶瓷砖成型设备节能技术的研究与应用——YP1500型液压自动压砖机"分别获佛山市科学技术二等奖和三等奖。

十六、2008年7月，恒力泰压砖机大举进军国际市场

恒力泰YP系列液压自动压砖机加快进军国际市场，2008年出口业绩尤为突出，出口呈现数量大幅度飙升、市场覆盖面不断扩大、大小吨位压砖机全面走红等三个鲜明特点。

控股的点石机械有限公司揭牌仪式

十七、2008年7月，控股点石机械

7月30日，恒力泰公司控股的佛山市点石机械有限公司举行揭牌仪式。点石公司位于佛山市南庄镇吉利工业区，是专业从事陶瓷墙地砖布料设备研发制造的企业。

十八、2008年12月，成功中标粤港关键领域重点突破项目

恒力泰公司与华南理工大学、广东省机械研究所产学研合作项目——数字化大型宽体高效节能陶瓷压砖机研制及产业化，在2008年粤港关键领域重点突破项目招标中成功中标。

十九、2008年12月，恒力泰公司继续获高企认定

佛山市恒力泰机械有限公司被广东省科技厅等四部门认定为"广东省高新技术企业"。

同月，公司被广东省建筑材料行业协会授予"广东省建材30强"荣誉称号。

出口压砖机整装待发

二十、2008年12月，恒力泰压砖机已出口到17个国家和地区

恒力泰公司作为国内最大的陶瓷压砖机生产企业，主导产品YP系列液压自动压砖机2003年开始走出国门，2004年实现批量出口，2008年大举进军国际市场，压砖机的出口数量大幅度飙升，市场覆盖面不断扩大，大吨位小吨位压机全面走红。恒力泰压砖机已出口到朝鲜、印度、巴基斯坦、孟加拉、印度尼西亚、越南、马来西亚、菲律宾、缅甸、伊朗、埃及、尼日利亚、安哥拉、巴西、布基纳法索、乌兹别克斯坦等16个国家和中国台湾地区。

YP3000型压砖机

二十一、2009年1月，获纳税超5000万元企业称号

恒力泰公司被佛山市政府授予"2008年度佛山市纳税超5000万元企业"荣誉称号。

二十二、2009年2月，YP3000新型宽体压砖机投放市场

YP3000新型宽体压砖机具有四大技术特点：①主机结构采用优化的梁柱型缸动式结构，超宽工作台面设计；②最新优化的加强型连体横梁以及新型底座，使机架具有更高的强度及刚度，变形小，更适合宽台面的压砖机；③采用大通径下置式充液阀结构，以及比例压力控制技术，不仅提高压制速度，还实现柔性加压，使砖坯的质量更好；④顶出装置配置有普通型顶出或伺服顶出可供用户选择。

荣 誉 证 书

授予:佛山市恒力泰机械有限公司

2008年度全国建材机械行业先进单位

中国建材机械工业协会
二〇〇九年三月

二十三、2009年3月,恒力泰获荣誉

恒力泰公司被中国建材机械工业协会评为"2008年度全国建材机械行业先进单位"。

罗明照董事长同时获"2008年度全国建材机械行业优秀企业家"荣誉称号。

二十四、2009年3月,恒力泰机械扬威印度陶瓷工业展

3月上旬,2009印度陶瓷机械展览会暨第四届印度专业陶瓷原料、机械设备、技术及服务展览会在印度古吉拉特省艾哈迈达巴德隆重举行,来自全球各大陶瓷机械、陶瓷原料供应商参加了这一盛会。本届展览会近70家企业参展,其中约40家企业来自中国。作为中国陶瓷压砖机研发制造的龙头企业,恒力泰见证了印度陶瓷产业突飞猛进的发展,并积极参加该届展会。

证 书

经广东省人民政府同意授予

佛山市恒力泰机械有限公司

广东省装备制造业50骨干企业

广东省经济贸易委员会
二〇〇九年四月

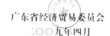

编号：09-G-001

证 书

佛山市恒力泰机械有限公司：

特授予你公司"恒力泰YP系列液压自动压砖机"为

中国陶瓷行业名牌产品

有效期：2009年7月至2012年7月

中国陶瓷工业协会
二〇〇九年七月

二十五、2009年6月24日，获广东省装备制造业50骨干企业称号

当日在佛山召开全省发展装备制造业工作现场会议上，恒力泰公司被广东省经济贸易委员会授予"广东省装备制造业50骨干企业"称号。

二十六、2009年7月，YP系列液压自动压砖机获荣誉

恒力泰YP系列液压自动压砖机被中国陶瓷工业协会授予"中国陶瓷行业名牌产品"称号。

金正日视察大同江瓷砖厂

二十七、2009年7月，恒力泰压砖机批量进入朝鲜获肯定

据朝鲜《劳动新闻》7月14日报道说，朝鲜最高领导人金正日视察了新建成的大同江瓷砖厂，强调要大力发展瓷砖等建材工业，把城市和农村装扮得更美丽。《劳动新闻》当天刊登了金正日视察的5幅照片，其中一幅照片的背景是中国产的现代化液压自动压砖机——恒力泰YP1300型和YP3280型压砖机。大同江瓷砖厂是朝鲜数一数二的大型国有陶瓷企业，该厂最初打算引进意大利压砖机，后来经过多方考察最终选定了恒力泰设备。

YP2080型压砖机　　　　YP3500型压砖机

二十八、2009年11月，两压机通过鉴定

11月20日，恒力泰公司"主缸结构优化的新型梁柱式压砖机的研究开发——YP3500型液压自动压砖机"和"梁体结构优化的新一代宽体高效压砖机的研究开发——YP2500型液压自动压砖机"，两项科技成果通过广东省科技成果鉴定。业界顶尖权威专家组成的鉴定委员会一致认定，两项目产品技术已达到国际先进、国内领先的水平，对进一步提高我国建陶行业的生产效率和提高陶瓷墙地砖产品质量具有重要的现实意义。

二十九、2009年12月，恒力泰牌液压自动压砖机获荣誉

恒力泰牌液压自动压砖机被广东省名牌产品评价中心认定为"广东省名牌产品"。

三十、2010年1月，恒力泰压砖机在伊朗大获好评

在伊朗首都德黑兰举行的国际陶瓷展览会上，恒力泰压砖机获得极高的评价，已经成为伊朗陶瓷业界一致认可的品牌压机。公司于2008和2009两年连续参加伊朗展，进入伊朗市场的恒力泰压砖机不断增多，从YP1300到YP4000型，已陆续有5种机型进入伊朗，总数已达20多台，给伊朗陶瓷业界甚好的第一印象。恒力泰已在伊朗设立技术服务点，这是公司在亚洲地区设立的第3个国外服务点，这些服务点均提供中国模式的全天24小时优质服务。

国 家 重 点 新 产 品
证 书

项目名称： YP4000型液压自动压砖机　　　项目编号： 2010GRE00025

承担单位： 佛山市恒力泰机械有限公司　　　发证时间：二〇一〇年五月
　　　　　　　　　　　　　　　　　　　　有 效 期：三年

批准机关： 科学技术部

三十二、2010年5月，YP4000型液压自动压砖机获评重点新产品

恒力泰YP4000型液压自动压砖机被国家科技部等四部委评为"国家重点新产品"。同月，恒力泰公司在中国国际陶瓷工业展览会上荣获"二十年贡献奖"。

三十三、2010年6月，获认定为民营科技企业

恒力泰公司被广东省科技厅认定为"广东省民营科技企业"。

三十一、2010年3月24日，吸收合并项目启动

广东科达机电股份有限公司发布公告：因正在筹划重大资产重组事项，股票按相关规定连续停牌。恒力泰与科达机电吸收合并项目启动。

三十四、2010年6月，恒力泰薄砖压机研发进入实质性阶段

通过对多项薄砖压制的技术研发与技术储备，探讨薄砖压制的新工艺，恒力泰公司的薄砖压机研发已进入实质性阶段，为今后万吨级陶瓷薄板压机的研制打下了良好基础。

三十五、2010年7月，三水新厂正式注册成立

随着生产规模的发展壮大，恒力泰公司三水新厂区于2010年年初正式投产。7月，三水新厂正式注册成立"佛山市恒力泰机械有限公司三水分公司"，为公司的快速发展奠定了新的基础。

三十六、2010年7月，YP7200L型压砖机量产

7月，YP7200L型压砖机正式批量投放市场，此举标志着恒力泰压砖机全面跨入宽体时代。YP7200L是恒力泰现有最大吨位压机YP7200的基础上，结合公司最先进的机械、电气、液压技术研制而成。超大工作台面设计，立柱间距达2450mm，每次可压制800mm×800mm规格砖坯2件或者600mm×600mm规格砖坯3件，节约空间、提高效率、减少投资。该机型在国内几家知名的一线陶瓷企业投入使用，品质和性能备受客户肯定。

三十七、2010年10月，石湾老厂设备开始向三水新厂转移

公司设备科进一步落实制造二厂的设备分批搬迁计划，将搬迁计划提前到10月底进行。10月26日，设备科和制造二厂通力合作，开始拆卸第一台落地镗床。作为设备搬迁的配套工程，制造三厂新增配电项目亦于当月底签订施工合同。

三十八、2010年，压砖机销售719台，年产值首次突破10亿元大关

2010年恒力泰紧紧围绕"提质、提产、保安全"的目标，坚持"生产贴着出机走"的指导思想，抓机遇，求发展，在全体员工的共同努力下，创下压砖机出货销售数量达719台的历史新高，销售合同额、业务收入、生产产值均首次突破10亿元大关，利润同比增长45%，是公司发展史上新的里程碑。

1.港口路工厂外景
2.三水工厂外景
3.石湾老厂外景

【第八章】

与科达资产重组 迁址三水

YP4200型压砖机

一、2011年1月13日，三个项目通过鉴定

恒力泰公司"大型宽台面液压自动压砖机的开发研究——YP7200L型液压自动压砖机"、"缠绕式压砖机性能及结构优化的研究开发——YP4200型液压自动压砖机"、"陶瓷砖、陶瓷瓦成型装备及节能技术的开发应用——YP1800L型液压自动压砖机"三项科技成果通过佛山市科技局组织的科技成果鉴定。认定项目的综合性能指标达到国际先进、国内领先的水平。

二、2011年5月，举办史上最大规模的客户联谊会

2011中国广州国际陶瓷工业展开幕前夜，恒力泰公司于5月25日在佛山宾馆举办公司有史以来最大规模的客户联谊会，气氛异常热烈。当晚设宴一百多席，到会嘉宾逾千人，其中外国客商尤其多，规模堪称历史之最。

佛山市科学技术奖励

为表彰佛山市科学技术奖获得者，特颁发此证书

项目名称：
大型宽台面液压自动压砖机的开发
研究——YP7200L型液压自动压砖机
完成单位：
佛山市恒力泰机械有限公司
奖励等级：壹等奖

证 书

佛山市科学技术奖励

为表彰佛山市科学技术奖获得者，特颁发此证书

项目名称：
缠绕式压砖机性能及结构优化的研
究开发——YP4200型液压自动压砖机
完成单位：
佛山市恒力泰机械有限公司
奖励等级：叁等奖

证 书

三、2011年7月，两项目获奖

恒力泰研发项目"大型宽台面液压自动压砖机的开发研究——YP7200L型压砖机"和"缠绕式压砖机性能及结构优化的研究开发——YP4200型压砖机"，分别荣获2010年度佛山市科学技术一等奖、三等奖。

四、2011年8月，恒力泰公司再获高企认定

佛山市恒力泰机械有限公司被广东省科技厅等四部门认定为"广东省高新技术企业"。

五、2011年9月，首名博士后入驻

恒力泰公司与广东工业大学博士后流动站、佛山企业博士后工作站合作，三方联合招收的博士后肖体兵于2011年9月入驻"佛山企业博士后工作站"，由市工作站派驻到恒力泰，成为公司首名博士后。肖体兵博士主要从事机电液工程的建模、仿真和智能控制等领域的研究。

六、2011年9月，国产超大吨位压机出口获重大突破

9月20日，恒力泰公司3台YP7200L型压砖机启程运往东莞沙田国际码头，再发往越南市场。这不仅是恒力泰超大吨位压砖机的首次出口，也实现了国产超大吨位压砖机批量出口的重大突破。

七、2011年10月，恒力泰公司获重点高企认定

恒力泰公司被科技部认定为"国家火炬计划重点高新技术企业"，这是对公司过去工作的肯定和未来发展的鼓舞。

八、2011年11月，恒力泰公司通过计量保证体系认证

佛山市恒力泰机械有限公司继续通过广东省二级计量保证体系认证。

九、2011年11月，三型号压砖机被认定为"2011年广东省自主创新产品"

YP2500、YP3500、YP4000等三型号压砖机被广东省科技厅、广东省发改委等六部门认定为"2011年广东省自主创新产品"。

十、2011年12月9日，资产重组完成

恒力泰股权过户手续及股东变更的工商登记完成，科达机电100%控股恒力泰，恒力泰成为科达机电的全资子公司。资产重组后的恒力泰公司，仍以独立法人的形式运营，原有的企业名称、产品品牌、经营团队保持不变。

YP2500型压砖机

十一、2012年1月，获纳税大户称号

恒力泰公司被佛山市政府授予"2011年度佛山市纳税超5000万元企业"称号。

十二、2012年2月，六个型号压砖机被认定为"广东省高新技术产品"

YP1500、YP1800L、YP2500、YP3500、YP4000、YP7200L等六个型号压砖机，被广东省科技厅认定为"2011年度广东省高新技术产品"。

十三、2012年2月，恒力泰总工程师韦峰山荣获首届"佛山市创新领军人才"荣誉称号

本次评选活动由佛山市人力资源和社会保障局主办，主要表彰在科研、经济、教育、卫生文化等行业的重点创新科研团队带头人以及创新型领军人才。本次共评选出首届"佛山市创新领军人才"50名、"佛山市创业领军人才"10名，其中恒力泰总工程师韦峰山，成为佛山市创新领军人才之一。

杨学先总经理（右）、冯瑞阳副总经理（左）

十四、2012年3月，杨学先出任恒力泰总经理

科达机电与恒力泰资产重组完成后，于2012年3月13日正式任命杨学先为恒力泰总经理，主持全面工作；同时任命冯瑞阳为恒力泰副总经理，负责技术、生产等工作。

十五、2012年3月，粤港关键领域重点突破项目通过验收

由恒力泰、华南理工大学以及广东省机械研究所联合承担的粤港关键领域重点突破项目"数字化大型宽体高效节能陶瓷压砖机研制及产业化"，顺利通过广东省科技厅验收。

十六、2012年4月，制造一厂搬迁计划正式实施

4月18日，筹备已久的制造一厂搬迁计划正式实施，拉开了生产基地大搬迁的序幕。8月，制造一厂基本搬迁完毕。

国 家 重 点 新 产 品
证 书

项目名称：YP7200L 型液压自动压砖机　　项目编号：2012GRE00035

承担单位：佛山市恒力泰机械有限公司　　发证时间：二〇一二年五月
　　　　　　　　　　　　　　　　　　　有 效 期：三年

批准机关：科学技术部

YP7500L型压砖机

十七、2012年5月，YP7200L型压砖机获评重点新产品

YP7200L型压砖机被国家科技部等四部委评为"国家重点新产品"。

十八、2012年8月，两项目通过鉴定

"YP系列小型压砖机优化设计及制造技术"、"梁柱式宽台面液压自动压砖机的研究开发"两研发项目通过佛山市科技局组织的科技成果鉴定。

十九、2012年9月，智能数控项目入选省示范工程

恒力泰公司承担的"智能数控陶瓷压砖机关键技术研发与应用示范"项目入选"2012年广东省数控一代机械工程创新应用示范工程"，成为佛山市7个入选项目之一。

三水新工厂

二十、2012年10月，启动恒力泰总部搬迁计划

10月10日，公司注册地址变更，正式启动总部搬迁计划，随后组织机构代码证、海关、外管、检验检疫、税务等证照陆续办理变更，至12月底完成全部变更手续，恒力泰公司总部正式迁移三水。

根据《广东省名牌产品（工业类）管理办法》的规定，经专家评价、广东省名牌产品推进委员会确认，特授予佛山市恒力泰机械有限公司生产的恒力泰牌液压砖机产品为：

广东省名牌产品

有效期：二〇一三年十二月至二〇一五年十二月

广东省名牌产品评价中心
二〇一三年十二月

三水工厂举行，恒力泰总经理杨学先和雪佛龙润滑油大中华区总经理张一陆签署了合作备忘录，标志着由雪佛龙生产制造，恒力泰品牌的陶瓷压机液压油正式投放市场，也标志着恒力泰与雪佛龙的战略合作关系正式确立。

二十一、2012年10月，与雪佛龙战略合作

10月26日，恒力泰—雪佛龙战略合作签约仪式在恒力泰

二十二、2012年12月，恒力泰牌液压自动压砖机获评省名牌产品

恒力泰牌液压自动压砖机被广东省名牌产品评价中心评为"广东省名牌产品"。

三水新厂安装车间

三水新厂机加工车间

二十三、2012年12月，厂区大搬迁基本完成

12月10日，恒力泰将港口路厂区正式移交兆亿公司后签署《移交确认书》，至此，厂区大搬迁基本完成。公司通过资源整合、厂区调整，将有50多年历史的石湾老厂和有13年历史的佛山高新区港口路厂区，统一搬迁到三水基地，结束了生产经营上长期存在的"两区三地"的状态。历时两年多的生产基地大搬迁，是公司历史上规模最大、时间最长、动作最大、任务最艰巨、意义最重大、影响最深远的一次战略性大转移、大搬迁、大调整。

HLT 恒力泰
HENGLITAI

| 恒 | 力 | 泰 | 建 | 厂 | 60 | 年 | 纪 | 实 |

第五篇

跨越腾飞

厚积薄发、跨越腾飞。陶机系列化、压机多元化战略稳步推进。求真务实，精耕细作，万吨压机重磅面世，陶瓷整线航母启航。增资扩产，恒力泰发展迈向新里程。始于1957年，源于石湾，根植佛山，立足广东，面向全国，走向世界。六十载的峥嵘岁月，一甲子的光辉历程。极致、专注、匠心，不忘初心、砥砺前行。

【第九章】

控股卓达豪
延伸产品线

一、2013年1月，"陶瓷薄砖自动压砖机"通过鉴定

恒力泰"陶瓷薄砖自动压砖机"通过广东省经信委组织的新产品鉴定，项目产品既可生产压制常规陶瓷砖，又可压制陶瓷薄砖，是公司又一创举。

二、2013年1月，两型号压砖机获评重点新产品

YP3500、YP4200两种型号压砖机被广东省科技厅评为

"广东省重点新产品"。

三、2013年2月,获纳税超5000万元企业称号

恒力泰公司被佛山市政府授予"2012年度佛山市纳税超5000万元企业"荣誉称号。

四、2013年3月,五种型号压机获高品认定

YP1000、YP3000、YP4200、YP5000、YP5600等五型号压砖机被广东省科技厅认定为"2012年广东省高新技术产品"。

YP5009型压砖机获"第九届中国陶瓷行业新锐榜年度最佳产品"奖。

五、2013年4月,恒力泰公司获荣誉

恒力泰公司被国家建材工业机械标委会评为"2012年度全国建材机械行业标准化工作先进集体"。

六、2013年4月,起草的两项国家行业标准发布实施

国家工业和信息化部发布2013年第23号公告,正式批准

在职员工大专班毕业留念

恒力泰分别主导和参与起草的两项国家建材行业标准：JC/T910—2013《液压自动液压机》和JC/T2178—2013《耐火砖自动液压机》发布实施。

七、2013年6月，获佛山市科技奖

"梁柱式宽台面液压自动压砖机的研究开发"荣获2012年佛山市科技二等奖。

八、2013年6月16日，在职员工大专班开班

恒力泰公司与佛山职业技术学院开办的在职员工大专班开班。第一期辅导班为机电班，38名员工报名参加。

全球第一大微粉抛光砖生产线

十、2013年8月，恒力泰助力全球第一大微粉抛光砖生产线落户南阳

8月20日，位于河南省南阳市唐河县的"南阳亿瑞陶瓷有限公司"，全球第一大微粉抛光砖生产线顺利投产运行。该公司由福建省闽清籍企业家投资兴建，占地600亩（1亩≈0.067公顷），规划上六条生产线。已投产的第一条生产线按"8机1线"配置，使用恒力泰8台YP4000型液压自动压砖机。

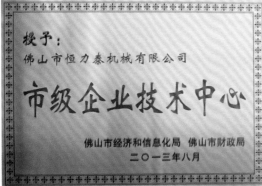

九、2013年8月，恒力泰获荣誉

恒力泰企业技术中心被佛山市经信局、佛山市财政局联合认定为佛山市级企业技术中心。

国 家 重 点 新 产 品
证 书

项目名称：YP4200型液压自动压砖机　　项目编号：2013GRE00030

承担单位：佛山市恒力泰机械有限公司　　发证时间：二〇一三年九月
　　　　　　　　　　　　　　　　　　　有 效 期：三年

批准机关：科学技术部

十一、2013年9月，YP4200型压砖机获评重点新产品

YP4200型液压自动压砖机被国家科技部等四部委评为"国家重点新产品"。

十二、2013年10月，恒力泰公司获认定

恒力泰公司被广东省经信委认定为"广东省战略性新兴产业培育企业"。

十三、2013年11月，恒力泰公司获认定

恒力泰公司被广东省科技厅等六部门认定为"广东省创新型企业"。

十四、2013年11月，省部产学研项目通过验收与鉴定

11月16日，恒力泰公司、广东工业大学联合承担的《广东省教育部产学研结合项目》"陶瓷砖压机高速高精智能控制系统研发及产业化"通过了广东省科技厅组织的项目验收及科技成果鉴定。

十五、2013年12月，恒力泰公司获荣誉

恒力泰公司被广东省建筑材料行业协会评为"2010—2013年度广东省建材行业科技创新突出贡献单位"。

十六、2013年12月，组建省级工程技术研究中心

12月5日，依托恒力泰公司组建的"广东省粉料压制成型装备工程技术研究中心"通过广东省科技厅批复立项。

十七、2013年12月，彭沪新荣获"佛山市第二届创新领军人才"称号

"佛山市第二届创新创业领军人才"评选揭晓，公司技术总监兼技术中心主任彭沪新荣获"佛山市第二届创新领军人才"荣誉称号，成为公司第二位获此荣誉的高工。

十八、2013年12月，杨学先获荣誉称号

恒力泰公司总经理杨学先获广东省建筑材料行业协会授予"2010—2013年度广东省建材行业先进工作者"荣誉称号。

十九、2013年，恒力泰压砖机出口翻一番

作为国内陶瓷成型装备龙头企业，较之2013年国内压砖

为表彰广东省科学技术奖获得者，特颁发此证书。

项目名称：梁柱式宽台面液压自动压砖机的研究开发

奖励等级：三　等

获奖者：佛山市恒力泰机械有限公司

广东省科学技术奖励

证　书

粤　府　证：〔2014〕0070号
项目编号：B08-0-3-15-001

二〇一四年四月

机市场的火爆态势，恒力泰国外市场的销售业绩同样表现喜人。与2012年对比，2013年的压砖机出口数量整整翻了一番。2013年东南亚等国家和地区的陶瓷产业发展态势呈上升趋势，中国压砖机因质量稳定、性价比高，备受这些国家和地区的建陶企业欢迎。

二十、2013年，大规模部署IT信息化

恒力泰公司对IT信息化进行大规模的部署，对ERP和PDM系统进行硬件升级，ERP系统从易飞升级到易拓。

二十一、2014年1月，包车欢送员工返乡过年，体现人文关怀

1月29日，根据省内员工的分布情况，主要安排①湛江线、②化州线、③兴宁线、④梅州线、⑤韶关线等五条线路，包车送员工回乡过年，共160多名外地员工享受到这项持续了多年的温馨服务。节后再次包车到当地车站接返员工，解决春运期间员工购票难，路途花费大的问题，体现恒力泰一贯人文关怀、以人为本的公司文化。

二十二、2014年2月，获三水区纳税超5000万元企业称号

恒力泰被佛山市三水区政府授予"2013年度三水区纳税超5000万元企业"称号。

二十三、2014年3月，获新锐榜两项大奖

3月28日，第十届中国陶瓷行业新锐榜揭晓，恒力泰公司荣获"新锐榜特别贡献奖"，YP4009型压砖机获"2013年度最佳产品"，这是对恒力泰多年来坚持创新，通过提供先进、可靠的机械装备不断推动行业进步的肯定和鼓励。

二十四、2014年4月，五个型号压砖机被认定为广东省高新技术产品

YP2080、YP2080L、YP3008、YP3280、YP5009等五型号压砖机被广东省科技厅认定为"2013年度广东省高新技术产品"。

"梁柱式宽台面液压自动压砖机的研究开发"项目同时荣获广东省科学技术三等奖。

二十五、2014年4月，杨学先获荣誉称号

恒力泰公司总经理杨学先获中国建材机械工业协会授予"2013全国建材机械行业优秀企业家"。

控股卓达豪机械有限公司的首次交流会议

二十六、2014年5月，控股卓达豪机械，迈出陶机系列化战略第一步

5月5日，恒力泰正式控股佛山市卓达豪机械有限公司，恒力泰执行董事吴木海、总经理杨学先带领恒力泰经营管理团队，赴卓达豪交流指导。卓达豪的加入将弥补恒力泰在陶瓷原料整线装备的空白，也是恒力泰迈出陶机系列化战略的第一步。

**二十七、2014年5月，举
办成立57周年客户联谊会**

5月20日在佛山宾馆举行
"扎根五十七载　腾飞创未
来"客户联谊会，国内外客户
及各界友人共八百余人出席。

佛山市恒力泰机械有限公司：

你单位负责起草的 JC/T 910-2013《陶瓷砖自动液压机》行业标准，被评为2013年度全国建材机械行业"技术标准优秀奖"。

国家建筑材料工业机械标准化技术委员会

二〇一四年六月

二十八、2014年6月，获技术标准优秀奖

恒力泰负责起草的 JC/T910—2013《陶瓷砖自动液压机》行业标准，被国家建材工业机械标准化技术委员会评为2013年度全国建材机械行业"技术标准优秀奖"。

荣 誉 证 书

授予佛山市恒力泰机械有限公司生产的
"恒力泰"牌YP系列液压自动压砖机为中国
建材机械工业著名品牌产品。

编号：JJMP2014041

中国建材机械工业协会
二〇一四年七月

二十九、2014年7月，恒力泰压砖机获评著名品牌产品

恒力泰压砖机获中国建材机械工业协会评为"中国建材机械工业著名品牌产品"。

高新技术企业
证书

企业名称：佛山市恒力泰机械有限公司　证书编号：GR201444000257

发证时间：2014年10月10日　有效期：三年

批准机关：

YP10000型压砖机

三十、2014年7月，YP10000型压砖机完成主机结构的安装

从框架缠绕到主机安装，经过精心组织和调度，耗时近六个月，中国国内乃至亚洲首台万吨级压机——YP10000型压砖机完成主机结构的安装。万吨压机在陶机行业创造了多个行业之最，在安装过程中遇到的困难也是历史之最和前所未有，每一道工序都是巨大的考验。

三十一、2014年10月，恒力泰获重新认定为高企

恒力泰被广东省科技厅等四部门重新认定为"国家高新技术企业"。

国 家 重 点 新 产 品
证 书

项目名称：YP3000型液压自动压砖机 项目编号：2014GRE00005

承担单位：佛山市恒力泰机械有限公司 发证时间：二〇一四年十月

有 效 期：三年

批准机关：科学技术部

三十二、2014年10月，YP3000型压砖机获评重点新产品

YP3000型液压自动压砖机被国家科技部等四部委评为"国家重点新产品"。

三十三、2014年11月，恒力泰再次通过二级计量保证体系认证

佛山市恒力泰机械有限公司再次通过广东省二级计量保证体系认证。

国家火炬计划重点高新技术企业
证 书

经评选， 佛山市恒力泰机械有限公司

为国家火炬计划重点高新技术企业

批准文号：国科火字〔2014〕261号

科技部火炬高技术产业开发中心

二〇一四年十一月

No.GZ20144400002

有效期三年

YP2800B型压砖机

三十四、2014年11月，恒力泰获重新认定为重点高企

恒力泰被国家科技部重新认定为"国家火炬计划重点高新技术企业"。

三十五、2014年12月，首台板框压机YP2800B研制成功

继亚洲首台万吨级陶瓷压机YP10000型压砖机研制成功之后，采用钢丝预应力双板框结构的YP2800B板框缠绕压机也研制成功并交付客户使用。YP2800B型压砖机刷新了公司研发速度：从设计图纸下发，到样机组装完成开始调试，仅用两个多月时间。

三十六、2014年12月，陶瓷薄砖自动液压机获奖

陶瓷薄砖自动液压机项目荣获佛山市科学技术一等奖。

三十七、2014年12月，六个型号压砖机被认定为广东省高新技术产品

YP1500、 YP1800L、 YP2500、YP4000、YP4009、YP7200L等六个型号压砖机被认定为"2014年度广东省高新技术产品"。

三十八、2014年12月，杨学先总经理撰文《理性认清行业新常态，科学规划蓄力度冬》

文章说：陶瓷行业今后会进入一个比较平稳的发展时期，虽然不会再有前些年那种爆发式的增长，但今后仍会有陶瓷生产线平稳增长，品牌企业仍有较大的生存空间，这同时也要求我们不断加大技术改造，不断创新、改良产品，以产品制胜市场。陶瓷企业的改造升级是恒力泰未来的市场之一，市场上有两种压机需要改造和升级：一是

杨学先总经理

使用时间已经很长的压机，使用企业要更换；二是已经落后、适应不了现在生产需求的压机。我们不是用同样的产品去简单地取代、替换，而是要用升级换代后更加节能、高效，更适合现代陶企使用的产品去取代旧压机。

研发大楼外景

研发中心

三十九、2014年12月，全新的研发大楼投入使用

12月，建筑面积达12000平方米的恒力泰全新研发大楼投入使用，成为公司科研发展的助推器和科研成果的孵化基地；同时，酝酿已久的恒力泰研发中心于12月19日宣告成立，下设研发部、设计部、产品部、墙耐材压机部四大业务板块，温怡彰担任研发中心主任兼研发部经理，恒力泰研发史翻开新的一页。

【第十章】

万吨级压机推出
航母战斗群启航

一、2015年1月，获全国建材行业技术革新奖一等奖

陶瓷薄砖自动液压机项目被中国建材联合会评定为"全国建材行业技术革新奖一等奖"。

二、2015年1月，获广东省著名商标

恒力泰商标被广东省著名商标评审委员会评定为"广东省著名商标"。

三、2015年1月31日，项目通过科技成果鉴定

佛山市科技局组织专家对"主缸优化系列精密型压砖机的研究与开发"项目进行科技成果鉴定，认为项目整体技术达到国际先进水平。

广东省机械工程学会
科学技术奖励

证　书

为表彰广东省机械工程学会科学技术奖获得者，特颁发此证书。

项目名称：陶瓷薄砖自动液压机

奖励等级：一等

获奖单位：佛山市恒力泰机械有限公司

获奖人：彭沪新、韦峰山、余锐平、陈保伟、温怡彰、罗成辉、韦发彬、周性飚、李奕和、梁均成

证书号：GDMES2015-1-03

四、2015年3月，陶瓷薄砖自动液压机获奖

陶瓷薄砖自动液压机获广东省机械工程学会科学技术一等奖。

五、2015年3月，获三水区纳税大户荣誉称号

恒力泰2014年纳税接近亿元，创历史新高，获2014年三水区纳税大户荣誉称号，连续两年位居三水区机械装备行业第一，也是自2011年来，连续四年纳税超5000万元，多次受到市、区政府的表彰。

YP2800B型板框压机整装待发

六、2015年3月27日，创新产品单日出机纪录

首款板框缠绕压机YP2800B经过厂内的精密调试后实现批量出机，一次发货8台，创造公司新产品单日出机纪录。YP2800B型压砖机采用全新的双板框缠绕结构，同时配备先进的复合顶出装置，其重量轻、宽体、高速节能等特性成为吸引客户的最大亮点。

出口压砖机整装待发

七、2015年4月14日，创单日出机和大吨位压机出口两项纪录

出机发货11台，其中7台YP5009型大吨位压砖机出口印度市场，4台YP4009型压砖机发往四川，在创造了恒力泰单日出机新高的同时，7台YP5009型压砖机批量出口印度市场，也创造了恒力泰大吨位压砖机的出口纪录。

八、2015年4月23日，签订年内最大订单

与广东陶美建材发展有限公司签订16台YP4009型压砖机，是年内数量最大的一份订单。

九、2015年5月31日，举办全球客户联谊会

恒力泰"感谢有您、携手共进"2015年全球客户联谊会在佛山皇冠假日酒店隆重举行。出席当晚联谊会的嘉宾包括国家、省、市行业协会领导以及来自国内著名高等院校和研究所的专家学者、教授，新闻媒体朋友，以及来自国内各大陶瓷产区和海外十多个国家和地区的近千名客户代表。

广州陶瓷工业展

十、2015年6月1日，参加广州陶瓷工业展

参加一年一度的广州国际陶瓷工业展，展位在琶洲展馆A区7.1馆，重点展示YP10000、YP5609、YP3600D、YP2800B等各具特点的压机新产品，以及恒力泰压机配件等。

YP2800B型压砖机使用现场

十一、2015年6月10日，首款板框压机YP2800B试机成功

恒力泰研发中心及服务中心技术服务人员赴湖南，共同参与首款板框压机YP2800B的调试工作。6月10日，YP2800B双板框缠绕压砖机试机成功，顺利压制砖坯，标志着恒力泰首款双板框缠绕压机成功投入使用。

十二、2015年8月22日，参展首届珠西装洽会

首届珠江西岸先进装备制造业投资贸易洽谈会于珠海湾仔会展中心举行，本届装洽会展览面积达25000平方米，集中展示珠江西岸"六市一区"先进机械装备制造业的顶尖科技和最新产品。受佛山市有关部门邀请，恒力泰作为佛山智能制造领域先进企业，积极参展。

YP3600D型压砖机

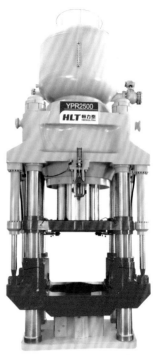

YPR2500型耐火砖压机

十三、2015年9月2日，首款缠绕式双缸宽体压砖机投放市场

2台缠绕式双缸宽体YP3600D型压砖机发往越南市场。YP3600D具有诸多优势，首先是运用恒力泰成熟的钢丝缠绕预应力结构机架，与新型双外置主缸结构相结合，让装备具有超强的抗疲劳性和承载性。其次是运用四杆导向结构，使得动梁抗偏载能力大为提高，保证了陶瓷砖坯的成型质量。此外，压砖机柱间净空达2500mm，空循环次数可达23次/分钟，特别适合小规格地砖和瓷片的生产。

十四、2015年9月15日，首台耐火砖压机出厂

恒力泰研制的首台YPR2500型耐火砖自动液压机发往辽宁大石桥市，主要生产220mm×100mm×145～155mm楔形镁碳耐火砖。耐火砖压机的研制成功并投入使用，标志着恒力泰压机多元化发展战略迈出重要一步，也为研制墙体砖压机、透水砖压机以及其他特种压机积累了宝贵的经验。

广东省战略性新兴产业骨干企业

证 书

企业名称：佛山市恒力泰机械有限公司　　　证书编号：A2015135

发证时间：2015年10月29日　　　　　　　有效期至：2017年10月28日

发证机关：广东省经济和信息化委员会

十五、2015年10月15日，成功开拓沙特市场

4台YP2080L型压砖机发往沙特阿拉伯，成功开拓沙特市场，也是恒力泰压砖机进入的第19个国家和地区。

十六、2015年10月，耐火砖自动液压机亮相上海国际冶金展

2015年10月21日参加在上海新国际博览中心举行的第十八届上海国际冶金工业展览会。恒力泰展出压砖机多元化战略实施以来，首个成系列推出的新产品线——耐火砖自动液压机。

十七、2015年10月，与越南石盘集团签约

恒力泰与越南石盘集团合作的日产16000平方米二次烧内墙砖和日产9500平方米全抛釉砖整厂项目，在石盘集团举行隆重的签约仪式。石盘集团成立于1959年，下属企业包括陶瓷工厂、红砖工厂、房地产公司等，是越南最早生产石英砖的企业，也是越南市场认可的石英砖第一品牌。

十八、2015年10月，恒力泰获骨干企业认定

恒力泰被广东省经信委认定为"广东省战略性新兴产业骨干企业"。

十九、2015年11月5日，恒力泰二期80亩地国土证并证成功

通过网上土地招拍挂，在佛山三水工业园区D区购置生产建设用地，实施陶机系列化战略，3月25日办理恒力泰二期67亩地国土证，9月25日办理13亩地国土证，11月5日两地块并证成功。

二十、2015年11月，三水区首家通过知识产权贯标认证

11月11日，基于在知识产权运用和贯彻《企业知识产权管理规范》方面做出的突出成绩，恒力泰成为佛山市首批、三水区首家通过知识产权管理体系认证的企业。

佛山市科学技术奖励

证　书

为表彰佛山市科学技术奖获得者，特颁发此证书。

证书号：佛科奖字〔2014〕008号

项目名称：

陶瓷砖压机高速高精智能控制系统研发及产业化

完成单位：（共贰个）

佛山市恒力泰机械有限公司(1)

奖励等级：壹等奖

佛山市人民政府

二〇一五年十一月

二十一、2015年11月，获2014年佛山市科学技术一等奖

"陶瓷砖压机高速高精智能控制系统研发及产业化"项目荣获2014年佛山市科学技术一等奖。

万吨级压机投入使用

二十二、2015年12月2日，亚洲首台万吨级压砖机正式投放市场

由恒力泰自主研发、备受业界高度关注的亚洲首台"万吨级"YP10000型压砖机，发往蒙娜丽莎集团股份有限公司，可以生产900mmx1800mm—1200mmx2400mm大规格干压陶瓷板材，标志着中国陶瓷成型装备的领域进入到万吨级时代。

二十三、2016年1月，五个型号压砖机被认定为广东省高新技术产品

YP1080、YP3580、YP4009L、YP4209、YP5609等五型号压砖机被认定为"2015年度广东省高新技术产品"。

为表彰广东省科学技术奖获得者，
特颁发此证书。

广东省科学技术奖励

证　书

项目名称：陶瓷薄砖自动液压机

奖励等级：三等奖

获　奖　者：佛山市恒力泰机械有限公司

粤 府 证：〔2016〕0049 号
项目编号：B08-0-3-03-D01

二十四、2016年2月，恒力泰获纳税大户称号

恒力泰被佛山市三水区政府授予"2015年度佛山市三水区纳税大户（超5000万元）"称号。

二十五、2016年2月，荣获广东省科技奖

广东省政府网站发布2015年度广东省科学技术奖获奖名单，恒力泰"陶瓷薄砖自动液压机"项目凭借着创新的技术水平以及对社会作出的贡献榜上有名，荣获广东省科技三等奖。

印度陶瓷工业展

二十六、2016年3月，恒力泰携手卓达豪亮相印度陶瓷工业展

国际陶瓷机械领域的一大行业盛会——印度国际陶瓷工业展览会，3月2日至4日于印度古吉拉邦大学展览馆举行，恒力泰携手卓达豪参展。

二十七、2016年3月，恒力泰压砖机正式投放加纳市场

恒力泰一次性出口8台YP2080L型压砖机正式投放西非的加纳市场，2006年恒力泰压砖机首次开拓非洲市场，十年后非洲市场为恒力泰压砖机扬帆出海提供了更加广阔的市场空间。

二十八、2016年4月，秦杰荣获"佛山市第三届创新领军人才"称号

"佛山市第三届创新创业领军人才"评选揭晓，恒力泰副总工程师秦杰荣获"佛山市第三届创新领军人才"荣誉称号，成为公司第三位获此荣誉的高工。

恒力泰二期项目奠基仪式

二十九、2016年5月15日，恒力泰航母战斗群在佛山启航

5月15日，在佛山三水工业园区D区51号举行"年产200台（套）建筑陶瓷智能制造装备研发及产业化项目奠基暨佛山市德力泰科技有限公司成立仪式"，标志着由恒力泰、德力泰、卓达豪组成的"恒力泰航母战斗群"在佛山基本成形并起锚启航。恒力泰航母战斗群，立足于装备的自动化、智能化，共同打造陶瓷整线装备产业链，应对日趋激烈的国际市场竞争。

三十、2016年5月，恒力泰亮相2016年广州陶瓷工业展

2016年广州国际陶瓷工业展于5月27日盛大开幕，作为国内陶瓷成型装备的领跑者，恒力泰厚积薄发，携10多款新技术成果登陆琶洲展馆7.1馆。

三十一、2016年5月，09系列压砖机全新升级全面爆发

在2016年广州陶瓷工业展上，恒力泰除了推出备受关注的超万吨级陶瓷板系列压砖机以外，还展示包括YP1509、YP1809、YP2009、YP2509、YP2809、YP3009、YP3209、YP3609、YP4009、YP4209、YP5009、YP5609等十几款受市场青睐的09系列压砖机，扩充"压机超市"。

YP3609型压砖机

佛山市政府质量奖颁奖　　　　　　　　YP16800型压砖机

三十二、2016年6月，首台YP16800接获订单

作为填补国内万吨以上级别陶瓷压砖机空白，行业内采用传统模腔成型工艺的最大吨位的YP16800型陶瓷板压机接获订单，预料超大吨位的压砖机将是陶瓷成型装备未来发展趋势。

三十三、2016年6月，荣获佛山市政府质量奖

在6月7日举行的佛山市质量大会暨创建全国质量强市示范城市推进会上，佛山市恒力泰机械有限公司、广东美的厨房电器制造有限公司、广东溢达纺织有限公司、蒙娜丽莎集团股份有限公司、广东兴发铝业有限公司荣获2015年佛山市政府质量奖。恒力泰是首家获此殊荣的机械装备制造企业。

三十四、2016年7月，透水砖自动压机一次性调试成功上线

山东客户定购的透水砖自动液压机，一次性调试成功并上线生产，单机日产量可轻松突破1000平方米。透水砖自动液压机的成功推出，是恒力泰在压机多元化道路上迈出的又一步，将助力国家海绵城市建设。

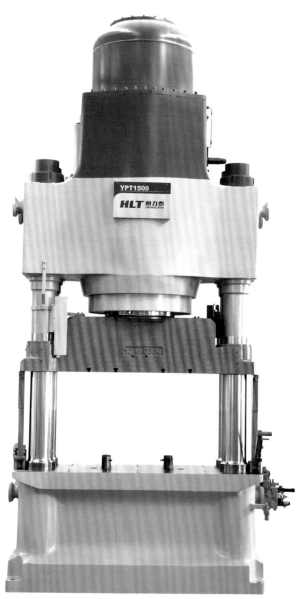

YPT1500型透水砖压机

三十五、2016年7月，佛山电视台专题节目报道恒力泰

7月22日，佛山电视台《石湾陶·看见历史》专题栏目，专门走访恒力泰，公司总经理杨学先、副总经理冯瑞阳、总工程师韦峰山等分别接受电视台记者的现场采访，畅谈恒力泰的光荣历史、辉煌业绩、研发优势、发展蓝图等，引起社会和行业的广泛关注与热烈好评。

三十六、2016年8月，恒力泰首席质量官李奕和亮相电视新闻

8月9日，佛山电视台新闻视频/五区新闻/三水新闻，播出专题节目《质量一票否决！在企业里谁有这么大的权力？》重点报道恒力泰及对首席质量官李奕和的访谈。报道说：在恒力泰，一批新的陶瓷压砖机准备下线出厂。公司首席质量官李奕和与助手，正抓紧时间对这批新产品进行出厂前的质量测试，需要对每一台机器进行6万次的模拟运行，对200多项质量指标进行检测，实现产品出厂检测100%合格。

第二届珠西装洽会

三十七、2016年9月，恒力泰获评优秀民营企业

恒力泰公司被佛山市工商业联合会、佛山市总商会评为佛山百家优秀民营企业。

三十八、2016年9月，YP2080L型压砖机批量开拓非洲市场

9月2日，4台YP2080L型压砖机发往埃塞俄比亚；9月17日，8台YP2080L型压砖机发往坦桑尼亚。这是恒力泰压砖机首次进入上述两个非洲国家，也是开拓的第22、第23个海外市场。

三十九、2016年9月，参展第二届珠西装洽会

9月29—30日，珠西装洽会第二届装备制造业盛会在广东（潭州）国际会展中心举办。佛山、珠海、中山、江门、阳江、肇庆、韶关市及佛山市顺德区携手向全省、全国展示两年来珠江西岸装备产业发展的丰硕成果。此次展会是珠江西岸先进机械精品的大阅兵，机械制造业的巨头集聚，顶尖科技和最新产品集中亮相。恒力泰公司连续两届受邀参展。

四十、2016年10月，再获四项荣誉

恒力泰公司分别荣获"十二五"轻工业科技创新先进集体、中国陶瓷行业科技创新先进集体。

杨学先总经理同时获"十二五"轻工业科技创新先进个人、中国陶瓷行业科技创新先进个人。

四十一、2016年12月，七个型号压砖机被认定为"广东省高新技术产品"

YP1000、YP2800B、YP3209、YP3600D、YP10000、YPR1800L、YPR2500等七个型号压砖机，被认定为"2016年度广东省高新技术产品"。

冯瑞阳副总经理

四十二、2017年1月，60周年庆典活动筹备组成立

2017年新年伊始，60周年庆典筹备组成立，由恒力泰副总经理冯瑞阳担任负责人，开展庆典系列活动筹备工作。冯瑞阳自1982年大学毕业后入职石湾陶瓷机械厂（恒力泰前身），至今服务三十五载，见证了企业从改革开放到跨越腾飞。

YP16800型压砖机装车发货现场

四十三、2017年1月6日，YP16800型陶瓷板压机正式投放市场

作为万吨压机YP10000型的继承与发展，高度接近9米、重量超过500吨的YP16800型陶瓷板压机发往蒙娜丽莎集团股份有限公司，基于传统模腔压制成型的工艺方式，最大可生产压制1300mmx2700mm、厚度从3~30mm的超大规格陶瓷板（砖）。恒力泰超大吨位板材系列压砖机巧妙运用传统模腔压制工艺，致力开创板材成型新方向，在板材成型工艺中独树一帜。

恒力泰首条整线项目

四十四、2017年1月18日，恒力泰首条整线项目成功投产

1月18日，恒力泰首条整线项目在印度Sologres 投产成功，主要以生产渗花砖与全抛釉为主，该整线项目采用了2台YP5009型压砖机以及德力泰DFPW3000宽体窑。以两机一线配置，按同时排走4片600mmx 600mm瓷砖稳定生产，其中压机运行速度达12次/分钟，日产量可达14000平方米/天。新年伊始，该项目成功投产意义深远，为恒力泰喜迎成立六十周年添光彩，也为"恒力泰航母战斗群"积极应对国际挑战，参与国际市场竞争，继续做强做大中国陶机装备产业打下良好基础。

印度客户答谢晚会

印度国际陶瓷工业展

印度国际陶瓷工业展

四十五、2017年3月1—3日，恒力泰亮相印度国际陶瓷工业展览会

2017年3月1—3日，印度国际陶瓷工业展览会在印度古吉拉特邦大学展览馆隆重举行。来自印度国内以及中国、意大利、西班牙等17个国家250多家陶瓷技术装备供应商展示了最新产品。恒力泰携手德力泰、卓达豪联合参展，推出以YP20000领衔的超大吨位板材系列压砖机、09系列压机升级产品以及德力泰DFL陶瓷大板宽体窑炉、卓达豪连续式球磨机等陶机新产品，不仅显示恒力泰在大吨位压机上取得的进步与创新，同时也彰显恒力泰在世界陶瓷机械行业的品牌实力。

展会结束后，在印度Metro Club隆重举行主题为"Thankful Banquet & Slabs Technology Seminar India 2017"的陶瓷大板技术研讨会暨恒力泰答谢晚会，古吉拉特邦抛光砖协会、釉面砖协会等行业协会领导，以及印度客户代表三百余人出席了答谢晚会，进一步促进恒力泰航母与客户的沟通与交流，增进彼此友谊，加强了合作伙伴关系。

YP16800型压砖机投产仪式

四十六、2017年3月2日，YP16800型陶瓷板压机成功投产

经过3月2日的首次试运行之后，2017年3月13日，采用模腔干压成型工艺的世界最大吨位陶瓷板成型装备YP16800型陶瓷板压机，在蒙娜丽莎集团股份有限公司正式投产，压制出1200mmx2400mm超大规格陶瓷板。该装备可压制生产1000mmx2000mm、1200mmx2400mm、1300mmx2700mm等多种规格的瓷砖及陶瓷板材，其中单片最大压制面积可达3平方米以上，压制厚

度在3～30 mm的陶瓷板材均能应付自如。YP16800型陶瓷板压机的顺利投产，助力大板新时代，为国产陶瓷成型装备提升国际市场竞争力迈出了重要的一步。

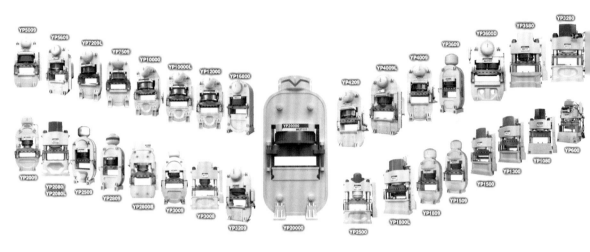

四十七、2017年，"压机超市"的地位进一步确立

2017年，在恒力泰建厂60周年之际，公司压机多元化战略继续深化，YP系列和LT系列压机大家族不断壮大，常规陶瓷压机、陶瓷薄砖压机、超万吨系列陶瓷板材压机继续引领市场，耐材压机、墙材压机、透水砖压机等新型压机日趋成熟。2002年初步形成国内最大"压机超市"时，产品型号达到14个规格，2017年，恒力泰"压机超市"的地位进一步确立，规格型号超过40个，为各行业客户提供定制化的粉料成型装备。

【六十年发展历程】

更名广东佛陶集团力泰陶瓷机械有限公司
Renamed Guangdong Fotao Group
Litai Ceramic Machinery Co., Ltd.

更名广东佛陶集团股份有限公司陶瓷机械总厂
Renamed Guangdong Fotao Group Limited
Liability Company Ceramic Machinery General Factory.

更名佛山市陶瓷工贸集团公司陶瓷机械制造总厂
Renamed Foshan Ceramic Industry and Trade Group Company
Ceramic Machinery Manufacturing General Factory.

研制成功我国第一台液压自动压砖机（YP600型）
Developed the first hydraulic tile press of China (YP600).

开发成功国产现代化皮带传动大型球磨机（14吨）
Exploited domestic modernized belt-driven large ball mill
(14 tons).

研制成功国产现代化皮带传动球磨机（8吨）
Developed domestic modernized belt-driven ball mill
(8 tons).

合并石湾五金社
Merged with Shiwan Hardware Organization.

更名佛山市石湾陶瓷机械厂
Renamed Foshan Shiwan Ceramic
Machinery Factory.

更名佛山市地方国营石湾陶瓷机械厂
Renamed Foshan Local State-operated Shiwan
Ceramic Machinery Plant.

石湾五金机械修配厂正式成立
Established Shiwan Hardware Machinery
Repairing Factory.

1998年
1993年
1989年
1988年
1985年
1983年
1964年
1962年
1958年
1957年

2017年
二期项目投入使用。同年，超万吨陶瓷板压机投放市场
The second project came into use, in this year, ultra-10000 tons ceramic slab press was put on the market.

2016年
二期项目奠基，佛山市德力泰科技有限公司成立
Laid a foundation stone for the second project, established Foshan DLT Technology Co., Ltd.

2015年
研发大楼落成投入使用。同年，亚洲首台万吨级陶瓷压砖机投放市场
R&D Building completed and came into use, in this year, the first ten thousand tons ceramic press in Asia was put on the market.

2014年
控股佛山市卓达豪机械有限公司
Became the holding company of Foshan Do Better Machinery Co., Ltd.

2012年
完成厂区大搬迁，总部由禅城石湾搬迁三水乐平
Company headquarters removed from Shiwan, Chancheng to Leping, Sanshui.

2011年
与广东科达机电股份有限公司完成资产重组
Reorganized with KEDA Industrial Co., Ltd.

2007年
三水乐平新工厂奠基
Laid the foundation stone for new plant in Leping, Sanshui.

2006年
力泰机械转制为佛山市恒力泰机械有限公司继续经营
Litai Machinery transferred into Foshan Henglitai Machinery Co., Ltd.

2001年
力泰陶机更名广东佛陶集团力泰机械有限公司
Litai Ceramic Machinery was renamed Guangdong Fotao Group Litai Machinery Co., Ltd.

1999年
佛山市恒力机械有限公司成立。同年，禅城区港口路新厂上马
Established Foshan Henglitai Machinery Co., Ltd. New plant was set up in Gangkou Road, Chancheng District in the same year

企业历史沿革及负责人

序号	年序	历史沿革	负责人
1	1957年	石湾五金机械修配厂正式成立	杨 江（副厂长）
2	1958年	更名为佛山市地方国营石湾陶瓷机械厂	杨 江（厂长）
3	1959年1月—6月	佛山市地方国营石湾陶瓷机械厂	卢 广（厂长）
4	1959年7月—1966年	佛山市石湾陶瓷机械厂（1964年石湾陶瓷机械厂与石湾五金社合并）	林 沛（厂长）
5	1966年—1968年	佛山市石湾陶瓷机械厂	袁广洪（书记）
6	1968年—1978年	佛山市石湾陶瓷机械厂	刘栋民（书记）
7	1978年—1980年2月	佛山市石湾陶瓷机械厂	霍永佳（书记）
8	1980年3月—1990年9月	佛山市石湾陶瓷机械厂 1989年3月更名为佛山市陶瓷工贸集团公司陶瓷机械制造总厂	唐 廉（厂长）
9	1990年10月—1992年7月	佛山市陶瓷工贸集团公司陶瓷机械制造总厂	陈树其（厂长）
10	1992年8月—2004年12月	佛山市陶瓷工贸集团公司陶瓷机械制造总厂 1993年3月更名为 广东佛陶集团股份有限公司陶瓷机械总厂 1998年3月更名为广东佛陶集团力泰陶瓷机械有限公司 1999年5月由力泰公司控股的 佛山市恒力泰机械有限公司成立 2001年6月力泰陶机公司更名为 广东佛陶集团力泰机械有限公司	严国兴（董事长）
11	2005年1月—2012年3月	广东佛陶集团力泰机械有限公司 佛山市恒力泰机械有限公司 （2006年5月广东佛陶集团力泰机械有限公司转制为佛山市恒力泰机械有限公司继续经营）	罗明照（董事长）
12	2012年3月起	佛山市恒力泰机械有限公司	杨学先（总经理）

企业荣誉摘录

序号	时间	荣誉名称	颁发部门
1	1995.06	1994年中国百强轻工机械企业	中国轻工总会
2	1995.12	广东省高新技术企业	广东省科委
3	1997.05	1995—1996年度佛山市先进集体	佛山市委 佛山市政府
4	1997.07	1996年轻工机械行业先进企业	中国轻工机械协会
5	2001.03	全国CAD应用工程示范企业	国家科技部
6	2005.08	2005中国建材机械制造20强	中国建材机械 工业协会
7	2006.05	2005—2006年度全国建材工业机械标准化先进单位	国家建材工业机械 标准化技术委员会
8	2006.08	2006中国陶瓷机械龙头企业	中国建材机械 工业协会
9	2007.11	2007年度中国陶瓷行业杰出企业	中国陶瓷工业协会
10	2008.12	广东省建材30强	广东省建材 行业协会
11	2009.03	2008年度全国建材机械行业先进单位	中国建材机械 工业协会
12	2009.04	广东省装备制造业50骨干企业	广东省经贸委
13	2010.06	广东省民营科技企业	广东省科技厅
14	2013.11	广东省创新型企业	广东省科技厅 广东省发改委 广东省经信委 广东省国资委 广东省知识产权局 广东省总工会
15	2013.12	2010—2013年度广东省建材行业科技创新突出贡献单位	广东省建材 行业协会
16	2013.12	广东省工程技术研究中心	广东省科技厅
17	2014.06	2013年度全国建材机械行业标准化工作先进集体	国家建材工业机械 标准化技术委员会

序号	时间	荣誉名称	颁发部门
18	2014.06	中国建材行业标准制定单位	国家建材工业机械标准化技术委员会
19	2014.06	JC/T910—2013《陶瓷砖自动液压机》行业标准，评为2013年度全国建材机械行业技术标准优秀奖	国家建材工业机械标准化技术委员会
20	2014.10	国家高新技术企业	广东省科技厅 广东省财政厅 广东省国税局 广东省地税局
21	2014.11	广东省企业二级计量保证体系认证	佛山市质监局
22	2014.11	国家火炬计划重点高新技术企业	科技部火炬高技术产业开发中心
23	2015.01	广东省著名商标	广东省著名商标评审委员会
24	2015.10	广东省战略性新兴产业骨干企业	广东省经信委
25	2015.12	ISO 9001：2008质量管理体系认证	瑞士SGS公司
26	2015.12	GB/T29490—2013知识产权管理体系认证	中规（北京）认证有限公司
27	2016.01	2015年佛山市政府质量奖	佛山市人民政府
28	2016.09	佛山百家优秀民营企业	佛山市工商联 佛山市总商会
29	2016.10	"十二五"轻工业科技创新先进集体	中国轻工业联合会
30	2016.11	"十二五"中国陶瓷行业科技创新先进集体	中国陶瓷工业协会

产品辉煌摘录

序号	时间	荣誉名称	颁发部门
1	1984.08	FQM2850×4000型球磨机荣获1984年广东省一轻工业优秀"四新"产品二等奖	广东省第一轻工业厅
2	1984.12	FQM2850×4000型球磨机荣获广东省科技进步三等奖	广东省科委
3	1984.12	FQM2850×4000型球磨机荣获全省优秀科学技术研究成果三等奖	广东省科委
4	1987.08	QMP3000×4650型球磨机荣获广东省科技进步三等奖	广东省人民政府
5	1987.08	QMP3000×4650型球磨机荣获1986年优秀新产品二等奖	广东省人民政府
6	1987.11	QMP3000×4650型球磨机评为全国轻工业优秀新产品	国家轻工业部
7	1988.08	喂料机荣获1988年广东省优秀新产品奖	广东省人民政府
8	1988.12	QMP3000×4650型球磨机荣获轻工部科技进步三等奖	国家轻工业部
9	1988.12	QMP3000×4650型球磨机、SZ-500型湿式振动筛、WL/12型、WL/20型喂料机等被评为佛山市消化吸收创新优秀项目	佛山市经委
10	1991.03	YP600型液压自动压砖机列入1991年度国家级重点新产品试产计划	国务院生产办公室
11	1993.04	YP1000型液压自动压砖机列入1993年广东省重点新产品试制鉴定计划、广东省火炬计划项目	广东省科委
12	1994.03	YP600压砖机荣获1993年全国建材行业科技进步二等奖	国家建材局
13	1994.06	一次烧成彩釉墙地砖多功能施釉线荣获佛山市科技进步二等奖	佛山市人民政府
14	1994.10	一次烧成彩釉墙地砖多功能施釉线列入1994年国家级重点新产品试制鉴定计划	国家科委
15	1996.06	YP1000型液压自动压砖机评为广东省重点新产品	广东省科委
16	1996.06	YP1000型液压自动压砖机评为广东省优秀新产品	广东省经委
17	1996.08	YP系列液压自动压砖机列入国家技术创新（中试）项目	国家经贸委
18	1996.10	YP1000型液压自动压砖机评为国家级新产品	国家科委 国家劳动部 国家技术监督局

序号	时间	荣誉名称	颁发部门
19	1996.12	YP600型液压自动压砖机列入国家级火炬计划项目	国家科委火炬计划办公室
20	1996.12	YP600型液压自动压砖机荣获国家科技进步三等奖	国家科委
21	1996.12	YP1000型液压自动压砖机荣获中国轻工业科技进步三等奖	中国轻工总会
22	1997.04	YP600型液压自动压砖机列入"九五"国家建材工业科技成果推广项目	国家建材局
23	1997.06	YP1000型液压自动压砖机荣获佛山市科技进步一等奖	佛山市人民政府
24	1998.07	YP1000型液压自动压砖机荣获广东省科技进步二等奖	广东省人民政府
25	1998.07	JF系列自动翻坯机评为广东省重点新产品	广东省科委
26	1998.11	JF系列自动翻坯机评为国家重点新产品	国家科委
27	1999.01	YP1680型液压自动压砖机荣获广东省轻纺工业优秀新产品一等奖	广东省轻纺工业厅
28	1999.04	YP600型液压自动压砖机列入国家重点火炬计划项目	国家科技部
29	1999.06	YP系列液压自动压砖机荣获广东省火炬计划优秀项目奖	广东省科委
30	1999.07	YP1680型液压自动压砖机荣获广东省优秀新产品二等奖	广东省经贸委
31	1999.08	YP1680型液压自动压砖机评为一九九九年度国家级新产品	国家经贸委
32	2000.06	YP1680型液压自动压砖机荣获佛山市科技进步一等奖	佛山市人民政府
33	2000.07	大型压砖机项目列入国家重大技术装备国产化创新研制项目	国家经贸委
34	2000.09	YP4280型液压自动压砖机列入科技型中小企业技术创新项目	国家科技部
35	2000.11	YP1280型液压自动压砖机荣获广东省优秀新产品三等奖	广东省经贸委
36	2001.02	大型YP液压自动压砖机研制项目评为"九五"国家重点科技攻关计划（重大技术装备）优秀科技成果	国家科技部 国家财政部 国家计委 国家经贸委
37	2001.04	YP1680型液压自动压砖机荣获广东省科技进步三等奖	广东省人民政府
38	2001.07	YP1280型液压自动压砖机评为广东省重点新产品	广东省科技厅

序号	时间	荣誉名称	颁发部门
39	2001.10	YP3280型液压自动压砖机评为广东省优秀新产品二等奖	广东省经贸委
40	2001.12	YP1280型液压自动压砖机评为国家重点新产品	国家科技部 国家商务部 国家环保总局 国家质检总局
41	2002.06	YP4280型液压自动压砖机荣获佛山市科学技术一等奖	佛山市人民政府
42	2002.07	YP4280型液压自动压砖机评为广东省重点新产品	广东省科技厅
43	2002.07	YP4280型液压自动压砖机评为国家重点新产品	国家科技部 国家商务部 国家环保总局 国家质检总局
44	2003.05	YP4280型液压自动压砖机荣获广东省科学技术三等奖	广东省人民政府
45	2003.09	YP系列液压自动压砖机评为优秀火炬计划项目	国家科技部
46	2004.07	YP5000型液压自动压砖机评为国家重点新产品	国家科技部 国家商务部 国家环保总局 国家质检总局
47	2004.07	YP5000型液压自动压砖机评为广东省重点新产品	广东省科技厅
48	2006.03	YP系列液压自动压砖机评为中国建材机械行业名牌产品	中国建材机械 工业协会
49	2009.07	YP系列液压自动压砖机评为中国陶瓷行业名牌产品	中国陶瓷工业协会
50	2010.05	YP4000型液压自动压砖机评为国家重点新产品	国家科技部 国家环保部 国家商务部 国家质检总局
51	2011.07	大型宽台面液压自动压砖机的开发研究——YP7200L型压砖机荣获佛山市科学技术一等奖	佛山市人民政府
52	2011.11	YP2500型、YP3500型、YP4000型液压自动压砖机认定为2011年度广东省自主创新产品	广东省财政厅 广东省经信委 广东省发改委 广东省科技厅
53	2012.02	YP1500、YP1800L、YP2500、YP3500、YP4000、YP7200L等压砖机被认定为2011年度广东省高新技术产品	广东省科技厅

序号	时间	荣誉名称	颁发部门
54	2012.05	YP7200L型液压自动压砖机评为国家重点新产品	国家科技部 国家环保部 国家商务部 国家质检总局
55	2012.12	恒力泰牌液压自动压砖机评为广东省名牌产品	广东省名牌 产品评价中心
56	2013.01	YP3500型、YP4200型液压自动压砖机评为广东省重点新产品	广东省科技厅
57	2013.03	YP1000、YP3000、YP4200、YP5000、YP5600等压砖机被认定为2012年度广东省高新技术产品	广东省科技厅
58	2013.09	YP4200型液压自动压砖机评为国家重点新产品	国家科技部 国家环保部 国家商务部 国家质检总局
59	2014.04	梁柱式宽台面液压自动压砖机的研究开发荣获广东省科学技术三等奖	广东省人民政府
60	2014.04	YP2080、YP2080L、YP3008、YP3280、YP5009等压砖机被认定为2013年度广东省高新技术产品	广东省科技厅
61	2014.07	YP系列液压自动压砖机评为中国建材机械工业著名品牌产品	中国建材机械 工业协会
62	2014.10	YP3000型液压自动压砖机评为国家重点新产品	国家科技部 国家环保部 国家商务部 国家质检总局
63	2014.12	陶瓷薄砖自动液压机荣获佛山市科学技术一等奖	佛山市人民政府
64	2014.12	YP1500、YP1800L、YP2500、YP4000、YP4009、YP7200L等压砖机被认定为2014年度广东省高新技术产品	广东省高新技术 企业协会
65	2015.01	陶瓷薄砖自动液压机荣获全国建材行业技术革新一等奖	中国建材联合会
66	2015.11	陶瓷砖压机高速高精智能控制系统研发及产业化荣获佛山市科学技术一等奖	佛山市人民政府
67	2016.01	YP1080、YP3580、YP4009L、YP4209、YP5609等压砖机被认定为2015年度广东省高新技术产品	广东省高新技术 企业协会
68	2016.02	陶瓷薄砖自动液压机荣获广东省科学技术三等奖	广东省人民政府
69	2016.12	YP1000、YP2800B、YP3209、YP3600D、YP10000、YPR1800L、YPR2500等压砖机被认定为2016年度广东省高新技术产品	广东省高新技术 企业协会

后　记

2015年9月3日，习近平总书记在一个讲话中说："历史的启迪和教训是人类的共同精神财富"，三个月后的2015年12月21日，恒力泰60年发展历程编写工作正式启动。在此之前，为了迎接2017年恒力泰成立60周年庆典，一起回顾以往60周年艰苦创业的峥嵘岁月，铭记过去一个甲子酸甜苦辣的奋斗历程，公司领导班子把编写60年发展历程这个项目列上议事日程，相应的筹备与策划工作随之密锣紧鼓地展开。

首先要选择一位合适的文字主笔，该找谁？大家都不约而同地想到一个人：老许，恒力泰多年的好朋友、人称"石湾一支笔"的资深媒体人许学锋。老许于上世纪50年代就在石湾半工半读，后来上山下乡务农的石湾蓖麻农场农业鱼塘队恰好就在恒力泰前身石湾陶机厂镇中路厂区的旁边，对这家企业的成长是耳闻目见的。后来他进了佛陶又到了《陶城报》，80年代石湾陶机厂研发成功全国第一台现代化自动压砖机，《陶城报》创刊号头版刊载的相关新闻报道就出自他的手笔。恒力泰发展的一代功臣严国兴，当年对老许的人品才学赞誉有加另眼相看，常常一起密谈推广国产压机的事情。直至2007年我们"寻找中国第一台自动压砖机"，又是时任《陶城报》副总编辑的老许亲自出马，才找到了"18年还在用"的答案。论缘份、论友情、论条件、论能力，大家都觉得请老许来写这个发展历程再合适不过了。

12月9日，公司给老许打了个电话，征询他的意愿与条件。他很爽快地一口答应下来，他说他做这事只是为了报恩，要报答恒力泰这20多年来对他和对《陶城报》的支持。12月21日上午，老许来到恒力泰，与公司领导面谈写史出书的事，双方一拍即合，立即成立厂史编写委员会，由公司总经理杨学先担任编委会主任、副总经理冯瑞阳担任编委会副主任，主编、撰文：许学锋，编委：陈玉兰、李松英、陈添，并随即召开第一次编委会工作会议。

之后的几个月，编委会人员先后走访、约见了当年的退休老领导、老员工和知情者，其中包括杨江、唐廉、刘栋民、卢广、杨杰成、李宇光、梁球等等，倾听他们细述历史。由于年代久远，老同志说的难免有不少互相矛盾、难以佐证的地方，需要反复推敲、比对和核实。其中尤其让人感慨的，是今天的中国陶瓷自动压砖机第一品牌恒力泰，当年却是如此的艰辛，曾三次面临着解体消亡的危机：一次是1962年，一次是1966年，还有一次是1979年，这些在这本发展历程里都有记载。试想只要其中有一次真的被解体下马了，就不会再有如今的恒力泰，中国现代陶瓷机械装备产业的面貌也可能不会是今天这个局面。

写史的关键在于真实有据。在现有档案文字资料不齐全的情况下，《陶城报》曾经公开发表的相关新闻报道无疑是可靠的依据之一。好在老许还保存着《陶城报》自创刊以来20多年的合订本，至少这其中20多年的史料是有案可查的。至于50年代至80年代这一段，就只能依据部分书报诸如《中国陶瓷百年史》、《佛山市陶瓷工业志》、《科技日报》、《南方日报》、《羊城晚报》、《佛山报》等的零星记载，以及尚健在的老员工、老同志的回忆讲述了。

这本厂史行文用的是编年体，目的是现在编写和将来查阅都较为方便。据我们所知，史志的体裁一般有编年体、纪传体、记事体、国别体、断代体等多种，其中编年体用得甚多。以编年体纪录历史的方式最早起源于中国，流传至今的有《春秋》、《左传》、《资治通鉴》、《竹书纪年》等。鉴于现时的资料状况，我们采用了编年体的形式，大抵相当于一份充实了的年代大事记。现在写成的编年体厂史是公司60年来首次图文并茂的史料整理，或可视为恒力泰有史以来一份最原始、最翔实的历史资料，以资后人借鉴或进一步充实再改写成其他各种形式的体裁。

厂史编写过程中，除了得到杨江、唐廉、刘栋民、卢广、杨杰成、李宇光、姚广松、梁球等老领导、老同志的关怀和指导之外，还衷心感谢何永江、招球、何欢、欧笑、何慧仪、潘秀霞、陈英、陈惠青、潘丽玲、欧燕萍、吴社颜、梁福然、黄成就、陈七妹、张永农、潘炳森等一众老同志、老员工、老朋友的鼎力支持，积极踊跃提供珍贵的历史资料，使本书内容更加详尽充实，在此对所有关心、支持和协助厂史编写的人员一并致谢。本厂史的编撰力求真实，但由于年代的久远、时代的变迁、曲折的历程、史料的不全，谬误和纰漏在所难免，如有不妥之处，敬请谅解和指正。

本书付印出版前夕，编委会人员亲临佛山市新石湾美术陶瓷厂有限公司，登门拜访刘泽棉大师，恭请刘大师为本书题写书名，刘大师欣然接受我们的邀请，提笔挥毫而就。刘大师年过八旬，是中国工艺美术大师、国家非物质文化遗产传承人，从艺七十载，耕陶五代，是石湾人的骄傲。刘大师在创作上千锤百炼、精益求精，作品硕果累累、声名远播。作为"佛山大城工匠"的刘大师的工匠精神令人钦佩，和恒力泰"追求卓越、创造第一"的企业精神、企业文化，可谓交相辉映十分吻合。在此，再次向刘泽棉大师致谢！

编委会

二〇一七年三月

谨以此书献给：

曾经为企业的发展殚精竭虑、挥洒汗水的员工！

正在为恒力泰事业勠力同心、砥砺前行的员工！

所有关心、支持和爱护恒力泰的各界朋友！